조선 오백년 역사의 지혜

조선 오백년 역사의 지혜

초판 발행일 / 2011년 3월 20일

재판 발행일 / 2013년 6월 5일

지은이 / 이명수

편집 디자인 / 이지혜

펴낸이 / 김용성

펴낸곳 / 지성문화사

등록 / 제5-14호(1976.10.21.)

주소 / 서울 동대문구 신설동 117-8 예일빌딩

전화 / 02) 2236-0654, 2233-5554

팩스 / 02) 2236-0655, 2238-4240

조선 오백년 역사의 지혜

志成文化社

머리말

　사람은 남녀노소 누구를 막론하고 행복한 삶을 살기를 바란다. 그리고 그것은 아주 자연스러우면서도 당연한 일이다. 세상에 있는 종교와 철학, 문학과 예술등도 모두 인생의 행복을 위해 존재하고 또 연관되어 있다. 행복의 의미는 사람에 따라서 다르다. 주관적이기 때문에 한마디로 정의하기도 어렵다. 정신적 물질적인 면에서 많이 소유한 사람이 끝없이 더 많은 것을 바란다면 그런 사람은 행복과는 거리가 먼 사람이라고 하겠다.

　결국 행복에는 지혜의 잣대가 요구되고 있다. 지혜는 먼 곳에 있지 않다. 지혜는 명상이나 삶에 대한 경험 또는 책을 통해서 얼마든지 얻을 수 있다. 요즘 같이 바쁜 현대인에게는 짧은 명상이나 독서가 최선책이 될 수 있을 것이다.

이 책은 그러한 사람들을 위해서 기획되고 만들어졌다. 과거를 알면 현재와 미래가 보인다고 했다. 또한 선인들의 삶의 발자취를 따라가다 보면 읽는 재미에 빠지게 되고 지혜의 보고도 발견하게 된다. 지혜롭게 사는 것이 아름다운 삶이고 행복한 삶이다. 그러므로 지혜의 발견이 곧 행복의 발견이다. 보다 많은 독자들이 이 책을 통해서 행복한 삶의 주인공이 되기를 필자는 충심으로 바란다.

우리는 선인들의 삶을 통해서 미래를 여는 지혜를 얻을 수 있을 것이다.

차례

4장 | 기적과 행운

5장 | 인생의 향기

제1장

지혜가 있는 여자의 향기

마음의 향기

월사(月沙) 이정구(李廷龜)는 장유(張維), 이식(李植), 신흠 (申欽)과 더불어 한문 4대가로 꼽히는 사람이다. 그는 문 필쌍전(文筆雙全)으로 유명할 뿐만 아니라 청백리로도 이 름을 날렸다. 월사의 외손자는 홍주원(洪柱元)인데, 그는 정명공주(貞明公主 ; 선조의 맏딸)의 배필이다.

월사가 좌의정으로 있을 때, 정명공주 댁에서 며느리 를 맞아들이는 잔치가 벌어졌다. 대갓집 경사라서 권문 세가의 안주인들이 하객으로 참석했다. 아침부터 그 행 렬은 이루 말할 수 없을 정도로 호화스러웠다. 그것은 마치 호사스러움을 다투는 경연장을 연상시키에 충분했다.

"와, 대단하군, 대단해! 나는 생전 처음 보는 장관일세."

"나도 육십 평생 저런 구경은 일찍이 해보지 못했네."

"하기야, 공주마마 댁의 혼사이니, 나라의 지체 높은 사람들은 다 모이겠지."

"아무리 그래도, 저렇게 화려할 수가……."

"저 여자는 정경부인(貞敬夫人)쯤 될까?"

"너무 젊잖아! 차림새로 보아하니 부부인(府夫人) 같기도 한데……."

"저들은 맨날 치장만 하고 사나?"

"허허, 팔자 좋은 대갓집 마님들이 일을 하겠나? 뭣을 하겠나? 치장이나 해야지."

구경하는 사람들의 마음도 제각각 달랐다. 어떤 사람은 한없는 부러움을 표현하는데 반하여 어떤 사람은 마구 빈정대고 있었다.

"저기 또 마마가 온다!"

"이번에는 뉘댁 마님일까?"

"보면 알겠지."

사람들이 이렇게 말하는 동안 사인교 하나가 소슬 대문 앞에 당도하여 멈추었다. 이윽고 가마에서 한 늙은 부인이 내렸다. 백발이 성성한 그 부인의 차림새는 너무 수수하고 소탈했다.

"누굴까?"

"글쎄?"

"잔치에 초대된 사람은 아닌 것 같은데."

"가마를 탄 것으로 보아서는……."

"이 사람아, 가마를 타고 왔다고 해서 모두 대갓집 마님인가?"

"뉘댁 심부름하는 하인이 분명해."

공주 댁 안채의 육간대청에는 화사하게 차려입은 귀부인들이 바글바글했다. 외명부의 품계에 따라 나름대로 질서정연하게 앉아 음식을 들며 담소를 나누고 있었다. 그녀들은 천천히 안마당을 걸어오는 소박한 늙은 부인을 거들떠보지도 않았다. 그런데 그 부인이 섬돌 위에 오를 때 주인인 정명공주가 보았다.

"어머나!"

공주는 반색을 하면서 자리에서 벌떡 일어서더니 버선발로 섬돌 아래까지 내려갔다.

"어서 오십시오."

공주는 함박웃음을 지으며 노파의 손을 잡았다.

"공주마마, 경하하옵니다."

"감사합니다. 귀하신 어른께서 여기까지 왕림해 주셔서 정말 영광이옵니다."

일순간에 좌중의 시선이 두 사람에게 쏠렸다. 그 시선에는 놀라움과 호기심이 가득 담겨 있었다. 이윽고 여기저기서 옆에 사람과 숙덕거리는 모습이 보였다.

"저 노파가 누군데 공주마마께서 저러시지요?"

"행색으로 보아서는 여염집 노파처럼 보이는데……."

"어쨌든 체통을 생각하시지 않고 맨발로 섬돌까지 내려간 것은 너무 보기에 흉한 것이 아닙니까?"

이런 말을 속삭이는 귀부인들의 표정은 묘하게 일그

러져 있었다. 질투심 때문에 눈살을 찌푸리며 입을 삐죽 거리는 부인도 있었다.

"이쪽으로 앉으십시오."

공주는 노파에게 맨 윗자리를 권했다.

"아, 아닙니다, 공주마마."

"사양하실 일이 따로 있습니다. 어서 앉으십시오."

노파는 몇 번이나 사양하다가 상석에 앉았다. 공주는 다시 잔치 상을 봐오게 하고 온갖 극진한 예의를 갖추어 소박한 차림의 노파를 접대했다. 노파의 행동거지는 점 잖으면서도 기품이 있었다. 말투는 부드러우면서 겸손 했고, 잔잔한 미소는 보는 사람의 마음을 편안하게 만드 는 힘을 지니고 있었다. 적당히 시간이 흐른 후에 노파 는 그윽한 눈으로 공주를 응시하며 입을 열었다.

"공주마마, 오늘 너무나 지나친 환대를 받았습니다."

공손히 묵례를 하고 자리에서 일어났다.

"아니, 왜 벌써 가시려고 그러십니까?"

공주도 덩달아 일어서며 노파의 두 손을 꽉 잡았다.

"공주마마께서도 저희 집 사정을 잘 아시지 않습니

까? 바깥양반과 자식들이 퇴청하기 전에 해두어야 할 일이 있사옵니다."

"아직도……. 아직도 손수 집안일을 하시다니요! 이젠 그런 허드렛일은 아랫사람들에게 시키시는 것이 좋지 않겠습니까? 부군(夫君)께옵선 이 나라의 좌상대감이시고, 두 아드님도 대감의 반열에 있는 분께서 부엌일을 손수 하시다니요."

이 말에 좌중의 모든 귀부인들은 깜짝 놀랐다. 어느 미관말직의 노모쯤으로 알고 업신여기기까지 했던 그녀들이었다. 그런데 그 소박한 노파가 좌의정의 아내요, 이조판서의 어머니였으니…….

"그럼, 즐거운 시간들 보내십시오."

월사 부인은 좌중의 귀부인들에게 공손히 인사를 하고 자리를 떴다. 정명공주가 그녀를 배웅하기 위해 뒤를 따랐다.

대저 깊은 곳에서 흐르는 물은 요란하지 않고 꽉 찬 수레는 소리가 없다. 검소한 부자, 겸손한 식자(識者)가 내뿜는 향기는 경박한 자랑보다 백배 천배의 가치를 지닌다. 고결한 사람은 겉모양을 꾸미기에 앞서 마음가짐을 더욱 중요하게 생각한다.

아름다운 아내

그믐, 초승의 밤은 매우 어두웠다. 소슬바람에 쓸리는 낙엽 구르는 소리가 을씨년스럽기 그지없었다. 멀고 가까운 곳에서 귀뚜라미들이 사무치게 울어대고 있었다.

화천(華川)군수 이윤수(李允秀)는 어둠길을 따라 민가의 골목길을 천천히 걷고 있었다. 백성들이 사는 모습을 살피기 위해 미행(微行)으로 야순을 돌고 있는 것이었다.

목민관의 책임은 백성을 부유하고 편안하게 살도록 하는데 있다는 것이 그의 굳건한 신념이었다. 그래서 그는 이 고을에 부임한 이래 헐벗고 굶주리는 백성이 없도록 힘썼고, 선정을 베풀어 백성들의 생활을 윤택하게 만

들었다.

'세월 참 빠르구나! 내가 부임한 것이 엊그제 같은데…… 벌써 다섯 해가 흘렀어.'

그는 구슬프게 울어대는 귀뚜라미 소리를 들으면서 걷다가 자기도 모르게 시 한수를 읊조렸다.

귀뚜라미 방에서 우니
어느덧 이 해도 저물어 가네.
지금 아니 즐기면 언제 즐기리오.
세월은 덧없이 흘러가리.
지나치면 안 되나니
내 직책 생각하여 본분을 지키세.
즐기는 것은 좋지만 탐닉하면 안 되나니
어진 선비는 언제나 삼간다네.

"흠, 언제 들어도 좋은 시야.
'지나치면 안 되나니 내 직책 생각하여 본분을 지키세' 이 대목이 특히 좋아."

이윤수는 스스로 흡족하여 『시경』 당풍(唐風)에 나오는 이 시를 계속 읊으면서 이집 저집을 기웃거렸다. 그런데 어떤 집 마당의 볏섬 낟가리에서 버석거리는 소리가 들렸다.

'이게 무슨 소리?'

이윤수는 걸음을 멈추고 가만히 그 집 마당을 들여다
보았다. 어둠 속에서 한 사나이가 조심스럽게 움직이고
있었는데, 볏섬을 훔치고 있는 것이 분명했다.

'아직도 우리 고을에 도둑이…….'

이윤수는 이렇게 탄식하며 그 도둑의 뒤를 살살 따라
가 보았다. 볏섬을 훔친 도둑은 변두리의 어떤 오막살이
로 들어갔다.

허술한 사립문을 열고 집으로 들어간 도둑은 부득부
득 그 볏섬을 윗방 쪽으로 끌고 갔다. 이윤수는 도둑걸
음으로 집 뒤로 돌아가서 뒷문 창구멍을 통해 안을 들여
다보았다. 방안에는 병색이 완연한 여인이 누워 있었다.
방문이 열리고 볏섬을 끌고 들어오는 것을 본 여인은 깜
짝 놀라 자리에서 일어섰다.

"그건 뭡니까?"

여인의 말에 사내는 어눌하게 대답했다.

"보면 모르오!"

"어디서, 이 밤중에 어디서 난 것입니까?"

여인은 사내의 얼굴과 볏섬을 번갈아 보면서 추궁하듯 물었다.

"꾸어왔어……."

사내의 목소리에는 자신이 없었다.

"누구에게요? 대체 누가 우리에게 벼 한 섬을 꿔준단 말입니까? 어서 썩 갖다 주고 오십시오."

여인의 목소리는 서릿발처럼 냉정했다.

"여, 여보……."

사내는 안절부절 못하면서 여인의 눈치를 살폈다. 그러다가 할 수 없이 사실을 토설했다.

"병든 당신이 너무 오랫동안 굶주렸소. 병이 들어 꼼짝 못하고 누워 있는 당신을 구완하느라고 올해는 농사도 짓지 못했소. 그런데 그나마 조금 있던 돈과 양식마저 떨어진지 오래요. 굶주려 기운을 차리지 못하고 있는 당신이 하도 보기가 딱해서……."

사내는 말끝을 흐렸다. 음성에는 물기가 서려 있었다. 잠시 후 그는 손등으로 눈시울을 닦아내며 말을 이었다. "미안하오. 그러나 이제는 당신도 많이 나았으니……. 우리 둘이 열심히 벌어서 곱으로 갚으면 되지 않겠소? 그러자면 사람이 우선 살고 보아야……."

"그만 두시오!"

여인은 차갑게 사내의 말허리를 끊었다.

"당신이 도둑이면 나는 도둑의 여편네요. 도둑질한 식량으로 치욕스럽게 살아 무얼 하겠소!"

여인은 무섭게 소리치며 급히 부엌으로 나갔다가 식칼을 가지고 들어왔다.

"아니 여보!"

사내는 소스라치게 놀라 여인의 손에 든 식칼을 빼앗으려고 했다. 그러자 여인은 칼날을 자신의 목에 대고 벼락 치듯 소리쳤다.

"그 볏섬을 썩 도로 갖다 두고 오지 않으면 나는 당장 죽고 말겠소!"

"아, 알겠으니 제발 그 칼을 치우시오."

사내는 그 볏섬을 지고 어정어정 걸어갔다. 이윤수는 사내의 뒤를 계속 밟았다.

사내는 볏섬을 훔친 집으로 들어갔다.

그것을 확인한 이윤수는 고개를 끄덕거리며 발길을 돌렸다. 그런데 막 골목을 벗어나려고 할 때 소란스러운 외침이 들려왔다.

"도둑이야!"

이윤수는 퍼뜩 사건의 전말을 깨닫고 우뚝 걸음을 멈추었다.

"아뿔싸, 이 일을 어찌 한담."

이윤수는 다시 걸음을 돌려 그 집 앞으로 가서 안을 들여다보았다. 이미 사내는 주인과 하인들에게 붙잡혀 호된 봉변을 당하고 있었다.

"저놈을 꽁꽁 묶어 관아에 넘겨라!"

주인의 명을 받은 하인들은 그를 묶어 관아로 끌고 갔다. 그것을 보고 이윤수는 숙소로 돌아왔다.

이튿날 아침, 형방(刑房)이 그 사건을 야단을 하며 보고했다. 이윤수가 분부를 내렸다.

"알았다. 이 사건은 내가 친히 처결할 테니 그 사람을 안으로 들여보내라."

형방의 보고가 있기 전, 이윤수는 아침 일찍 하인을 보내 그 사내의 부인을 데려오게 하여 안에다 대기시켜 놓았다. 이윽고 그 사내가 결박당한 채로 나졸들에게 이끌려 안으로 들어왔다. 이윤수는 그 사내의 결박을 풀어 주고, 새 옷으로 갈아 입혀 조용한 방으로 인도했다. 그 방에는 먹음직스런 음식상이 차려져 있었다.

"어서 들게나."

이윤수는 부드러운 목소리로 음식을 권했다.

볏섬을 훔쳤던 그 사내는 뜻밖의 상황 전개에 도깨비에 홀린 사람마냥, 허옇게 질려 몸을 떨며 흘끔흘끔 군수의 눈치를 살폈다.

"부인을 이리 모셔 오너라."

이윤수는 밖을 향해 소리쳤다.

"네!"

하인들이 가서 곧 부인을 모셔왔다. 사내는 그 부인이 자기의 아내임을 확인하고 더욱 소스라치게 놀랐다.

"아니, 당신이 어떻게……?"

"당신이야 말로 어떻게……."

부부는 영문을 모르겠다는 표정으로 불안한 시선만을 서로 교환하고 있었다.

"하하하……."

이윤수는 한바탕 호탕하게 웃고 나서 지난밤의 사유를 모두 이야기했다.

"그대는 정말 훌륭한 부인을 두었네. 그대가 부인의 말을 듣고 볏섬을 도로 갖다 주는 것을 보고 나는 이루 말할 수 없는 감동을 받았네. 그래서……."

이윤수는 잠시 말을 멈추고 소맷자락에서 무엇을 꺼내어 사내에게 주었다.

"이것을 받게나."

사내는 비단에 쌓인 묵직한 물건을 엉겁결에 받고 놀란 눈으로 군수를 보았다. 이윤수는 빙그레 웃으며 말을 이었다.

"금덩어리일세, 그건 그대의 부인에게 주는 상일세."

부부가 화들짝 놀라 금덩어리를 받지 않으려고 했다. 그러자 이윤수는 그 금덩어리에 얽힌 사연을 이야기했다.

이윤수는 강원도 화천고을 어느 산촌에서 태어났다. 늙으신 홀어머니가 세상을 뜨자 삼년상을 치루고 서울로 올라와 때늦게 과거 준비를 했다.

어느 무더운 여름, 긴 여름해가 기울어서 남산 기슭의 조그마한 초가 오막살이로 돌아온 이윤수는 몸이 픽 고단했다.

"오늘은 좀 늦으셨군요. 피곤해 보이시는데, 어서 씻고 저녁 진지를 자십시오."

젊은 아내 윤 씨가 남편을 맞으며 하는 말이었다. 정숙하고 상냥한 아내를 보면 없던 힘도 솟아나는 윤수였다. 끼니를 걱정해야 하는 가난한 살림에도 얼굴 한 번 찡그리지 않고, 오히려 바느질품을 팔아 남편의 공부를 뒷바라지하는 그런 아내였다.

"뭐, 괜찮아."

윤수는 빙그레 웃으며 아내가 떠다 놓은 세숫물에 얼굴을 씻었다. 방으로 돌아온 윤수는 저녁상을 기다리는 동안에도 책을 펴고 글을 읽었다.

이때 갑자기 아내의 비명이 들렸다.

"으악!"

윤수는 쏜살같이 방문을 박차고 밖으로 뛰어나갔다. 아내는 파랗게 질린 얼굴을 하고 넋 나간 사람처럼 부엌 바닥에 주저앉아 있었다.

"웬일이오? 왜 그러우?"

윤수가 다급히 묻자, 윤 씨는 정신이 돌아온 듯 손을 내저었다.

"아녜요, 아무 일도 아녜요."

"아무 일도 없다고? 일이 없는데 어째서 그래, 응? 말을 해 솔직히!"

윤수는 답답하다는 듯이 아내의 어깨를 흔들며 물었다.

"죄송해요, 제가 경솔해서 괜한 일로 공부하는 당신을 놀라게 했어요. 그러니 어서 저녁 진지나 잡수세요."

아내는 이마에 흐른 땀을 옷고름으로 찍어내며 말했다.

윤수는 일부러 얼굴을 찌푸리며 토라진 아이처럼 퉁명스럽게 말했다.

"됐소! 저녁이고 뭐고 괜찮소. 나 저녁 안 먹겠소. 우리 사이에 말 못할 일이 뭐가 있다고 당신이 내게 숨기오!"

이 말에 윤 씨는 겸연쩍게 웃으며 부엌으로 들어가려고 했다. 그러자 윤수는 아내의 손을 낚아채며 심통스럽게 말했다.

"나 저녁 안 먹는다고 했잖소! 당신이 무슨 일로 놀랐는지를 말하지 않으면 끝까지 먹지 않겠소. 죽을 때까지 말이오."

윤수가 이렇게 고집을 부리자, 아내는 하는 수 없다는 듯이 입을 열었다.

"다름이 아니라……. 부엌에서 밥을 지으려고 하면 아궁이에서 가끔 무서운 게 나와서 사람을 놀라게 하는구먼요."

윤수는 눈이 동그래졌다.

"아궁이에서 무서운 것이 나온다고? 그게 뭔데?"

"저도 몰라요. 도깨비 같기도 하고 귀신같기도 한데, 소름이 끼치도록 무섭고 흉측한 것은 분명해요."

이 말에 윤수는 한참 고개를 갸우뚱거리다가 입을 열었다.

"당신이 먹는 것도 변변치 못한데다 일이 고되어 허깨비를 본 모양이구려. 내 잘못이 크오. 내가 못나서 여태까지 당신을 고생만 시키고 있으니……."

윤순의 목소리가 급작스럽게 흐려졌다. 그러자 아내는 양손을 내저으며 단호하게 말했다.

"아니에요. 그건 아니에요. 제가 본 것은 허깨비가 아니라 귀신이 분명해요. 그놈은 당신이 안 계실 때면 어김없이 나타나서 저를 못살게 굴었어요. 지금껏 당신이 걱정하실까봐 잠자코 있었는데, 오늘은 마침 당신이 계신데 나타나서 본의 아니게 당신을 걱정시킨 것이에요. 아무튼 죄송해요. 여편네가 마음이 약하고 경솔해서 잠시의 무서움을 참지 못하고……."

아내는 몹시 미안하다는 듯이 말했다. 윤수는 그런 아내가 고맙고 사랑스러워 콧등이 시큰해졌다.

"그것이 허깨비든 귀신이든 무슨 상관이 있겠소. 당신이 그런 고통을 당하고 있는 것을 나는 꿈에도 몰랐소. 어째서 내게 말하지 않았소?"

"정말 죄송해요."

"뭐가 죄송하단 말이오?"

"어쨌든 죄송해요."

아내는 금방 울음을 터뜨릴 얼굴로 '죄송하다'는 말을 연발했다. 윤수는 아내를 살며시 안고 등을 어루만지면서 나직이 말했다.

"이 집이 말로만 듣던 흉가인가 보오. 어쩐지 집값이 너무 싸다고 생각했지만, 귀신이 나오는 흉가일 줄을 누가 알았겠소. 그것을 알고 이런 집에서 어떻게 살겠소. 하루 빨리 팔고 다른 집으로 갑시다."

이 말에 아내는 세차게 고개를 저었다.

"그건 안 됩니다. 이런 흉가를 누구에게 판단 말입니까. 우리가 팔면 이 집을 사서 오는 사람이 또 그 변을 당하지 않겠습니까? 그러니 아주 폐가를 시키고 우리는 셋방을 얻어 살림을 옮기는 것이 떳떳한 일이 아니겠습니까? 남의 눈에 눈물을 흘리게 만든 사람은 자기 눈에서 피눈물을 흘리게 된다는 말도 있고……."

"듣고 보니 당신 말이 옳은 것 같소."

그리하여 윤수 내외는 다음날 부랴부랴 셋방을 얻어 집을 옮겼다. 그나마 있던 집을 버리고 남의 집 셋방을 살게 되니 살림은 더욱 곤궁해졌다. 윤수는 아내의 고생을 보다 못해 몇 번이나 공부를 때려치우고 돈벌이를 하고자 했다. 그때마다 아내는 기를 쓰고 반대를 하여, 끝내 공부를 그만두지 못했다.

세월이 많이 흘렀다. 그동안 윤 씨 부인은 천신만고 힘을 다하고, 윤수가 부지런히 공부한 보람이 있어 마침내 과거에 급제를 하였다. 윤수는 좋은 자리를 마다하고 자원해서 고향인 화천부사로 가게 되었다.

"나만 공을 이루고, 내 가정만 부귀영화를 누리면 무엇 하랴. 무지한 고향의 사람들도 가르치고, 불쌍한 내 고향 사람들도 잘 살게 해주리라."

윤수는 이런 갸륵한 생각을 품고 한직인 화천부사를 자원한 것이다. 윤수가 화천부사로 부임하기 며칠 전의 밤이었다. 윤수 내외는 참으로 흐뭇한 마음으로 지난날을 이것저것 이야기 했다.

"여보, 정말 당신의 고생이 많았소. 오늘의 성공은 온전히 당신의 수고와 정성으로 이룩된 것이오. 당신이 내 곁에 없었다면 어찌 나에게 오늘의 영광이 있었겠소. 이런 생각을 하면 나는 당신에게 절이라도 하고 싶소."

윤수의 이 말에 윤 씨 부인은 수줍게 미소를 지으며 겸손하게 입을 열었다.

"아닙니다. 당신께서 모든 어려움을 참고 십년을 하루같이 공부에 전념하신 공이지요. 저는 당신의 뒷바라지를 넉넉하게 못한 점이 늘 미안했습니다."

이렇게 두 부부의 대화는 참으로 다정다감하고 사랑이 넘쳤다. 밤이 깊도록 지난날을 추억하는 다정한 대화는 그칠 줄을 몰랐다.

"참, 궁금한 것이 있소."

이야기 도중에 갑자기 윤수가 운을 떼었다.

"그게 뭡니까?"

윤 씨 부인이 호기심에 찬 눈을 반짝이자 윤수가 말했다. "우리가 처음 서울에 올라와 남산 기슭에 살 때, 가끔 귀신이 나온다고 당신이 놀라곤 해서 셋방을 얻어

옮긴 일이 있지 않소?"

"그렇지요."

"그런데 귀신이 나왔다고 하는 게 정말이오? 아무리 생각해도 그것이 이상했소."

윤 씨 부인은 그윽한 눈으로 한동안 남편의 얼굴을 물끄러미 보고만 있었다. 그러다가 마른침을 한 번 삼킨 후에 입을 열었다.

"그렇지 않아도 제가 그것을 이야기하려던 참입니다. 우리가 고향을 떠나 서울로 올라올 때 목표한 것이 무엇입니까?"

"그야, 나의 과거 급제가 아니겠소!"

"그렇습니다. 저는 당신의 성공을 하늘에 맹세하고 서울로 올라가자고 졸랐습니다."

이렇게 이야기의 실마리를 푼 윤 씨 부인의 말은 길게 이어졌다. 서울로 올라온 그해 겨울, 날씨가 너무 추웠기 때문에 윤 씨가 군불을 때려고 아궁이에 불을 지폈다. 그런데 불이 잘 들지 않고 아궁이 밖으로 연기가 빠져나와 부엌이 온통 연기로 가득 찼다.

"아휴, 매워!"

윤 씨는 연기에 눈이 찔려 눈물을 흘리다가, 손수 아궁이를 고치려고 마음먹고 솥을 떼었다.

"그렇지! 바닥이 너무 높아 불이 들지 않는군 그래!"

윤 씨는 밑바닥을 파서 낮출 양으로 호미로 바닥을 팠다. 그런데 호미 끝이 무엇에 딱딱 부딪히며 파지지 않았다.

"돌이 있나?"

윤 씨가 흙을 걷어내고 살펴보니 작은 항아리 한 개가 있었다.

"웬 항아리?"

항아리를 꺼내어 내용물을 살펴본 윤 씨의 눈이 탱자처럼 커졌다.

"아니, 이건 금덩이가 아닌가!"

그랬다. 그건 분명 큼직한 금덩이였다. 그것도 세 개씩이나 있었는데, 아무리 눈을 씻고 보아도 틀림없는 금덩이였다.

"이걸 어쩌나!"

어쩔 줄을 모르고 허둥대던 윤 씨는 곧 냉정을 되찾
았다. 침착한 태도로 금덩이를 항아리에 넣고 그 자리에
도로 묻었다.

"내 것이 아니다!"

윤 씨는 어금니를 악물었다. 그 금덩이가 아궁이 속
에 있다는 사실을 아주 잊어버려야 한다고 생각했다. 윤
씨가 그렇게 생각하는 데는 세 가지 이유가 있었다.

첫째, 주인이 따로 있다. 결코 내 것이 아니다.

둘째, 재물이 풍족하여 편안하게 되면 남편은 공부를
못한다.

셋째, 남편의 공부는 처음 결심대로 내 힘으로 시킨
다.

이런 이유로 황금 보기를 돌같이 생각하려고 했지만,
살림이 구차할 때는 자꾸 아궁이 밑에 있는 금덩어리
생각이 났다. 바느질 일감이 없어 양식이 떨어졌을 때,
몸이 아파서 일을 할 수 없을 때, 열심히 공부하는 남편
의 밥상이 너무 부실하여 마음이 아플 때는 어김없이 금
덩어리 생각이 났다.

'그 금덩어리는 네 것이다. 금덩어리를 두고 왜 고생을 사서 하느냐?' 하는 유혹의 소리가 귓전에 울리는 것이 한두 번이 아니었다.

그럴 때마다 윤 씨는 화들짝 놀라며 흉악한 귀신을 만난 사람처럼 비명을 질렀다.

"에구머니나!"

윤 씨 부인은 이를 악물고 금덩이의 유혹을 이겨냈다. 그러나 그 유혹은 너무도 집요하고 강했다.

그날도 남편의 지친 모습이 윤 씨가 보기에 너무 딱했다. 좋은 음식을 한 번이라도 대접했으면 소원이 없겠다는 생각이 문득 들었는데, 그와 동시에 강렬한 금덩이의 속삭임이 들렸던 것이다.

여기까지 아내의 말을 들은 윤수의 가슴에는 뜨겁고 황홀한 감동의 물결이 출렁대고 있었다. 윤 씨의 말은 계속 이어졌다.

"그날 저는 금덩이의 유혹을 떨치려고 비명을 질렀다가 당신을 놀라게 했지요. 그때 문득 생각해 보니, 그 집에 계속 있다가는 끝내 그 유혹을 이겨낼 자신이 없을 것 같았지요. 그래서 폐가를 시키고 남의 집 셋방으로 옮기자고 했던 것입니다. 이 말이 끝나기가 무섭게 윤수는 아내를 으스러지도록 껴안으며 외치듯이 말했다.

"아아, 그랬구려! 집 안에 금덩이를 두고 그처럼 고생을 참았다는 것이 정말 장하오. 나 같으면 도저히 참지 못했을 것이오. 만약 그때 당신이 그 금덩어리를 꺼냈더라면 나에게 오늘의 영광은 없었을 것이오. 당신의 놀라운 지혜와 굳은 인내에 나는 결코 고개가 숙여지오."

윤수는 벌떡 자리에서 일어나 윤 씨에게 넓죽 절을 했다.

"이게 무슨 망령이십니까? 화천부사께서 아녀자에게……."

윤 씨 부인은 곱게 눈을 흘기며 남편을 나무랐다.

다음날 두 부부는 전에 살던 남산 기슭의 초가 오막살이집으로 갔다. 그 금덩이가 그대로 있으면, 하늘이 내려준 재물로 알고 좋은 일에 쓰기로 윤수 내외는 약속을 했던 것이다. 하늘이 그들 부부에게 재물을 허락했기 때문일까! 그 집은 완전히 폐가가 되어 잡초만이 무성했다. 아궁이를 파 보니 금이 담긴 항아리 역시 그대로 있었다. 윤수 부부는 그중 두 개를 팔고, 한 개는 비상시의 준비로 고이 간직해 가지고 화천으로 내려왔던 것이다.

"그 금덩이가 비상시의 준비로 남겨 두었던 것일세."

이 부사는 볏섬을 훔친 부부에게 금덩어리의 내력을 다 말한 후에 이렇게 덧붙였다.

"예로부터 지금까지 훌륭한 사람의 뒤에는 반드시 훌륭한 여자가 있었네. 훌륭한 어머니가 아들을 훌륭히 길러내고, 훌륭한 아내가 내조하여 남편의 공적이 빛을 발하는 것일세. 그러니 그대는 부인의 말을 천금같이 존중하게. 그러면 반드시 남의 사표가 될 것일세."

이 부사는 이런 당부를 끝으로 볏섬 도둑을 방면했다.

세상의 모든 행복과 아름다움은 여자로부터 나온다. 죄악과 범죄도 역시 그렇다. 따라서 지혜롭고 현명한 여성이 낳은 사회는 밝고 건전하며, 저속하고 아둔한 여성이 들끓는 사회는 혼탁하고 시끄럽기 마련이다. 세상에서 가장 고귀한 보물, 그것은 훌륭한 여자가 아니겠는가!

암행어사와 금비령

인조(仁祖)때의 문신 이덕형(李德泂)의 저서 『죽창한화(竹窓閑話)』를 보면, 지방관들의 무도(無道)한 행태가 적지 않게 서술되어 있다. 다음은 '황해감사의 무도'라는 내용의 일부를 번역한 것이다.

6월 15일, 황해감사가 이웃 고을의 수령과 도내에 있는 이름난 기생들을 불러 유두회(流頭會)를 크게 베풀었다. 질탕한 주연은 하루 종일 계속되었다. 유두회가 끝난 다음날 아침, 황해감사는 잔치에 참석한 기생들을 한 자리에 모이게 했다. 그중에서 살이 찌고 건강한 기생 10여명을 골라내어 말했다.

"본관이 오늘은 너희들의 몸매를 수양버들처럼 날씬하게 만들어 주겠노라."

황해감사는 온백원(溫白元)이라고 하는 설사약을 소주에 듬뿍 타서 기생들에게 강제로 한 대접씩 마시게 했다. 그런 다음 비좁은 방에다 모두를 몰아넣고 문을 잠갔다.

한창 무더운 여름철이었다. 엄청나게 찌는 열기 속에 10여 명의 기생이 설사약을 먹고 우글우글 갇혀 있으니, 그 몸이 온전할 리가 만무했다. 사실 갇혀 있는 기생들은 거의 미칠 지경이었다. 온몸에서 땀이 비 오듯 흐르고, 뱃속에서는 천둥치듯 끓는 소리가 나면서 오장이 발칵 뒤집히고 있었다.

"아이고 엄마야!"

"아휴, 죽겠네!"

"더 이상 못 참겠어!"

기생들은 모두가 엉덩이를 부여잡고 방을 서성이며 안절부절 못하고 있었다. 금방이라도 터질 것만 같은 설사를 필사적으로 참고 있는 것이었다. 그러나 참는 것도 한도가 있었다. 한 기생이 어쩔 줄을 몰라 쩔쩔매다가 마침내 설사를 하고 말았다. 그러자 다른 기생들도 일제히 벽을 향해 쭈그리고 앉아 설사를 해대기 시작했다. 한낮이 되자 오물이 기생들의 정강이까지 차올랐다. 고약한 냄새가 코를 도려내려는 것만 같았다. 지옥과 같은 처참한 상황에서 기생들은 살려 달라고 울부짖었다. 그런 모습은 짐승과 조금도 다르지 않았다.

해질 무렵, 기생들은 종일 설사를 해대면서 몸부림치느라 극도로 탈진 상태가 되었다. 오물 속에 아무렇게나 쓰러져 흐느끼고만 있을 뿐이었다.

"으하하하 ……."

"볼만하외다!"

이러한 짓거리를 벌여 놓고 황해감사는 수령들과 함께 손뼉을 치고 웃으며 구경하고 있는 것이었다. 저녁이 되어서야 기생들을 풀어 주었는데, 그녀들은 온몸이 오물로 뒤범벅이 되어서 마치 귀신과도 같았다. 그러나 기생들은 아무 원망도 할 수 없었다. 말할 수 없는 수치감에 얼굴을 들지 못하고 계속 눈물만 흘리고 있을 뿐이었다. 지방관들은 임금의 눈에서 멀리 떨어져 있기에 거리낄 것이 없었다. 그래서 생겨난 것이 암행어사였다.

암행어사는 전관(銓官)을 거치지 않고 임금이 직접 임명을 했다. 암행어사는 각 도(道)의 감사를 비롯하여 모든 수령의 치적을 감고(監考)하여 그 탐학이 심한 자는 봉고파직(封庫罷職) 시킬 권한이 있었다. 때문에 지방관은 암행어사의 '암'자만 들어도 벌벌 떨었다.

박문수(朴文殊)는 영조(英祖)때 명 어사로 이름을 날린 인물이다.『박문수전』을 보면, 암행어사의 고초와 애환을 느낄 수 있다.

어느 날, 박문수는 풍산(豊山)지방에 들어갔다. 명칭 그대로 풍산은 산령이 풍부하고 험한 골짜기가 많은 곳이다. 그런 만큼 귀한 약초나 산나물이 풍성하여 약재를 구하는 사람들이 수없이 드나들었다. 그러나 산이 너무 험하고 고개가 높아서 한 번 넘어본 사람은 다시는 넘지 않는 곳으로도 유명했다.

어사 박문수가 풍산의 험한 고개를 넘다가 지쳐 쓰러진 것이다.

"일어나야 한다!"

박 어사는 혼신의 힘을 다해 일어나려고 했다. 그러나 한 번 쓰러진 몸은 말을 잘 듣지 않았다. 배는 창자가 닳도록 고프고, 목은 타들어가는 것처럼 마른데, 먹을 것이라곤 아무 것도 없었다. 꼬박 사흘 동안을 미동도 못하고 길옆에 누워 있었다. 드문드문 지나가는 사람들은 있었지만, 힐끔힐끔 쳐다보고만 지나쳤다.

"도와주시오!"

그러나 구원을 요청하는 소리는 모기가 내는 소리보다도 더 미약하여 사람들이 알아듣지 못했다. 또 그의 몰골이 아주 더럽고 지저분하여 사람들이 접근조차 하지 않았다.

"틀렸다!"

많은 사람들이 징그러운 뱀을 보듯 그냥 지나가자 마침내 박 어사는 살기를 체념했다. 그런데 바로 그때 대여섯 명의 아낙네들이 나물을 캐가지고 내려오다가 죽은 듯이 누워있는 박 어사를 보았다.

"웬 사람이지?"

"보아하니 미친 거지인가 봐!"

"죽었나?"

"글쎄?"

그중 한 젊은 아낙이 용기를 내어 가까이 다가왔다. 박 어사는 물에 빠진 사람 지푸라기라도 잡는다는 심정으로 젖 먹던 힘까지 내어 입을 열었다.

"물! 물……."

하늘이 도왔는지, 이 미약한 소리를 여인이 들었다.

"딱하기도 해라! 그러나 이 높은 산골짜기에 물이 있어야지……."

잠시 망설이던 여인은 무슨 생각을 했는지 박 어사 곁에 바싹 다가앉았다. 그런 후 희멀겋고 풍만한 젖을 꺼내 박 어사에게 물렸다.

"어머, 세상에!"

"망측하게 젊은 여자가……."

"외간 남자에게 젖을 물리다니!"

곁에서 지켜보고 있던 아낙들은 놀란 얼굴을 하고 저마다 한마디씩 했다. 그러다가 자기들끼리 내려가 버렸다. 박 어사는 정신없이 젊은 여인의 젖을 빨았다. 마치 며칠 굶주린 갓난아이가 어미젖을 빠는 것 같았다. 한참을 빨고 나니 갈증이 한결 가셨다.

"몹시 허기져 보이는데 이것이라도 드세요."

여인은 보따리를 풀어 머루와 다래 등의 열매를 꺼내어 박 어사에게 주었다. 그것을 허겁지겁 먹고 나니 겨우 몸을 추스를 수가 있었다.

"부인, 정말 고맙습니다."

박 어사는 진심으로 생명의 은인에게 고마움을 표시했다.

"별 말씀을. 그런데 어쩌다가 이 산중에 이렇게 혼자 누워 계십니까?"

여인의 말에 박 어사는 힘없이 웃었다.

"풍천으로 가다가 그만……."

"가십시다."

여인은 무거운 나물 보따리를 머리에 이고 박 어사를 부축하여 천천히 고갯길을 내려왔다. 한편, 앞서 내려갔던 아낙들은 입에 거품을 물고 입방아를 찧어대고 있었다.

"어떻게 그런 짓을 할 수 있지?"

"미친 것이야!"

"그래요, 미치지 않고서야 남편 있는 여자가 그따위 짓을 할 수가 없지."

이런 고약한 말을 그 부인의 남편도 들었다.

"이런 쳐 죽일……."

무서운 분노에 사로잡힌 남편은 이미 제정신이 아니었다. 한참 후에 박 어사를 부축한 여인이 마을로 내려왔다. 마을 사람들은 추악한 소문의 진상을 확인하기 위해 이곳저곳에서 서성거리고 있었다.

"세상에 정말이야!"

"영복이 마누라가 간덩이가 부어도 보통 부은 것이 아니군 그래? 어떻게 마을까지 간부를 끌어드릴 수가 있을까?"

마을 사람들이 이런 말을 하고 있을 때, 두 사람을 향해 비호처럼 달려오는 사람이 있었다. 바로 그 부인의 남편이었다.

"이 화냥년!"

남편은 흥분하여 마구 아내를 때렸다. 갑자기 나타나

서 주먹부터 휘두르는 통에 여인은 속절없이 맞을 수밖에 없었다. 즉시 까닭을 짐작한 박 어사가 황급히 남자의 매질을 막으며 외쳤다.

"잠시 참고 내 말 좀 들어보시오!"

"뭐라고?"

아내를 때리던 남자는 다짜고짜로 박 어사를 향해 주먹을 날렸다. 그 주먹은 박 어사의 얼굴을 정통으로 가격했다.

"어이쿠!"

몸이 온전하지 못한 박 어사는 코피를 쏟으며 벌렁 뒤로 나자빠졌다.

"이 새끼! 죽여 버리겠다!"

남자는 쓰러져 신음하는 박 어사를 향해 사정없이 발길질을 했다. 마을 사람들은 구경만 할 뿐 나서서 말리는 사람은 아무도 없었다.

"앗!"

그런데 갑자기 누군가의 입에서 놀란 외침이 터져 나왔다.

"암, 암행어사다!"

이 말에 모두가 소스라치게 놀라 땅에 쓰러진 박 어사를 내려다보았다. 발길질을 피하느라 몸부림을 치는 통에 허리춤에 차고 있던 마패가 드러난 것이었다. 발길질을 하던 남자의 얼굴이 하얗게 질렸다. 구경을 하고 있던 사람들도 반쯤 얼이 빠져 있었다.

"아이고!"

부인의 남편은 박 어사 앞에 털썩 무릎을 꿇고 싹싹 빌었다.

"죽을죄를 지었습니다. 제발 이놈의 목숨만 살려 주십시오."

박 어사는 겨우 정신을 가누고 몸을 일으켜 남자를 보았다.

"제기랄, 사람은 무섭지 않고 마패만 무섭구나!"

암행어사를 때린 남편으로서는 지옥문을 눈앞에 둔 사람의 심정일 수밖에 없었다. 앞으로 닥칠 일에 대한 걱정 때문에 밥도 먹을 수 없고, 잠도 제대로 자지 못했다.

며칠이 지난 후, 관아에서 출두 명령이 왔다. 두 부부가 벌벌 떨며 동헌에 나아가니, 감사와 함께 나란히 앉아 있던 박 어사가 부드럽게 남편을 타이른 후에 이렇게 덧붙였다.

"부디 아내를 아끼고 사랑해 주시오. 생명을 구해준 은혜에 보답코자 얼마간의 전답을 준비하였으니 행복하게 사시오."

두 부부는 땅문서를 받고 감격하여 돌아갔다. 이런 일이 있고부터 그 고개를 '금비령'이라 하고, 준비 없는 사람은 아예 그 산을 넘지 말 것을 경고하였다.

선행중에서 남의 목숨을 살리는 일보다 더 큰 선행은 없다. 내가 남의 목숨을 살리면 남도 내 목숨을 살려준다. 결국 남을 위하는 일이 나를 위하는 일이 되는 것이다.

열녀의 회초리

영조(英祖) 말엽, 경상도 창녕(昌寧) 땅에 하륜(河倫)이라는 선비가 있었다. 하륜은 16세 때 소과(小科)를 하고, 이제는 불철주야로 대과(大科)를 준비하고 있는 중이었다.

겨울이 가고 꽃피는 봄이 왔다. 17세 피 끓는 청춘으로 맞이하는 봄은 예년과는 사뭇 느낌이 달랐다.

"내가 왜 이러나!"

하륜은 기지개를 켜고 밖으로 나와 찬물로 얼굴을 씻었다. 차가운 물의 감촉이 한결 정신을 맑게 해주었다.

"아, 날씨 한번 화창하구나!"

먼 산을 물끄러미 바라보며 혼자말로 중얼거렸다. 그

러다가 자기도 모르게 봄바람에 이끌려 집을 나왔다.

"봄, 실로 만물이 소생하는 봄이로다!"

하륜은 발길이 닿는 대로 걸음을 옮겼다. 그러다 보니 들을 지났고, 언덕도 두어 개 넘었다. 산기슭에 다다르자 온통 살구꽃으로 뒤덮은 마을이 나왔다. 서당 친구 이가원(李家源)이 살고 있는 마을이었다.

"여기까지 왔으니 모처럼 그 친구나 만나 보자."

가원의 집을 향해 걸음을 옮겼다. 가는 도중의 어느 집 앞을 지나다 보니, 그 집 울타리에다 빨래를 널고 있는 한 부인이 눈에 뜨였다.

"아아!"

그 부인을 보는 순간 하륜은 그 자리에 눌어붙어 버렸다.

'선녀인들 저렇게 아름다울까?'

반쯤 입을 벌린 채 넋을 놓고 보고 있는데, 그 부인은 빨래를 다 널고 문득 이쪽을 바라보았다. 하륜을 보는 순간 재빨리 고개를 숙이고 집으로 들어가 버렸다. 부인이 들어간 후에도 한참 동안 장승처럼 그 자리에 서 있었다. 목이 바싹바싹 타는 것 같고, 가슴이 두근두근 고동을 쳤다.

"휴우!"

한참 후에야 제정신으로 돌아온 하륜은 친구의 집도 들르지 않고 발길을 돌렸다. 그런데 이날부터 자나깨나 그 부인의 모습이 눈에 삼삼했다. 책을 읽으려고 펼치면 책장 속에 그 부인이 있었고, 밥상 앞에 앉아도 그 부인의 생각이 떠나질 않았다. 하륜은 잠도 제대로 이루지 못했고, 입맛이 달아나 밥도 먹지 못했다. 그리고 며칠이 지나도록 책 한 장 읽을 수가 없었다. 그러다 보니 얼굴 꼴이 말이 아니었다. 몹시 앓는 사람처럼 눈이 퀭할 뿐만 아니라 파리하기가 이루 말할 수 없었다.

"어디 아프냐?"

"얼굴이 반쪽이 됐어!"

"왜 이렇게 밥을 못 먹어?"

"아무래도 의원을 불러야겠어."

"네가 무엇 때문에 그러는지 말을 해야 알지 않겠니?"

어머니의 눈에 가득 맺혀 있던 뜨거운 눈물이 주르륵 뺨을 타고 떨어졌다.

"흑……."

하륜도 북받치는 눈물을 억제할 수 없었다. 어쩔 수 없이 하륜은 어머니께 모든 사실을 고백했다.

"죄송합니다. 어머니! 아무리 잊으려고 해도, 생각하지 않으려고 해도 그렇게 되지 않습니다. 그래서 소자도 괴롭습니다."

"네게 그런 일이 있었구나!"

아들의 고백을 들은 어머니는 몹시 난감했다.

'대체 그 부인이 누굴까?'

하륜의 어머니는 생각 끝에 사람을 보내 은밀히 그 부인의 모든 것을 알아오도록 했다.

그 부인은 판서(判書)를 지낸 성 대감의 손녀딸이었다. 출가한 지 한 달도 못 되어 이름 모를 병으로 남편이 죽고, 혼자 수절하는 열녀라는 소문이 자자했다.

"아버지의 병구완을 하기 위해 잠시 친정에 와서 머물고 있다고 하더구나."

어머니는 아들에게 그 부인에 대한 이야기를 해주었다. 이날 밤 하륜은 뜬눈으로 밤을 새우며 생각을 거듭했다. 그리고 결심을 했다.

'흠, 오늘밤에 결심을 실행하리라!'

이미 그 집 하인들을 매수하여 부인의 방을 알아 놓고 있었다.

밤이 이슥해지자 아무도 모르게 집을 빠져나와 성씨 부인 집으로 갔다. 주변을 한번 둘러본 후에 훌쩍 후원(後園)의 담을 뛰어넘었다. 성씨 부인의 방에는 불이 켜져 있었다. 그것을 보자 하륜의 가슴은 몹시 두근거리며 요동쳤다.

'용기를……'

성씨 부인은 고요하고 단정한 모습으로 앉아 바느질을 하고 있었다. 황 촛불 아래서 바느질에 몰두하고 있는 모습은 지난번 낮에 보았을 때보다 더욱 고혹적이었다.

"어흠!"

용기를 내어 나직하게 기침을 한 후에 입을 열었다.

"부, 부인…… 요, 용서하십시오."

당당하게 말을 하려고 노력을 했지만, 그 소리는 마구 떨릴 뿐만 아니라 기어들어갔다.

"제발, 제발 부탁드립니다. 저의 마지막 소원을 한 번만 들어 주십시오."

무쇠라도 녹일 것 같은 간절한 목소리였다. 어쨌든 죽을 용기를 내어 말을 해버리고 나니 조금이나마 가슴이 후련해졌다.

"휴우……."

한참 동안이나 미동도 않고 있던 성씨 부인은 살며시 눈을 뜨고 마침내 입을 열었다.

"뉘신지 모르겠사오나 하찮고 미천한 아녀자로 인하여 그토록 심려하셨다니 죄송할 따름이옵니다. 허물치 마시고 들어오십시오."

하륜은 자기의 귀를 의심했다. 자기를 가련하게 여겨 하늘이 도와준 것만 같았다. 찰그락! 문고리 벗기는 소리가 들리더니 살며시 문이 열렸다. 그와 동시에 은은한 향내가 콧속을 파고들었다.

"어서 들어오십시오."

"아, 예……."

성씨 부인은 그윽한 눈으로 하륜의 모습을 살펴본 후에, 말 없이 장롱에서 침구를 꺼내어 아랫목에 폈다.

"허!"

"저는 잠시 밖에 나갔다 오겠습니다."

성씨 부인은 자리까지 피해 주었다.

"세상에 일이 이렇게 쉽게……. 이젠 죽더라도 여한이 없으리라!"

하륜이 이렇게 중얼거리고 있을 때 밖에서 발소리가 들렸다.

'왔구나!'

하륜은 군침을 꿀꺽 삼키고 눈을 감았다. 문이 열리고 성씨 부인이 방으로 들어오는 소리가 들렸다. 하륜은 가슴이 마구 떨려 더욱 꼭 감았다. 그런데 갑자기 이불이 확 걷어치워졌다.

"이놈! 아직 어린놈이 글공부에는 힘을 쓰지 않고 여색을 밝혀! 호되게 혼이 나야 못된 생각을 고칠 것이다."

　무서운 질책과 함께 회초리가 날아들었다.

　"철썩!"

　"어이쿠!"

　"철썩!"

　"으악!"

　청천하늘에 날벼락이 아닐 수 없었다.

　"부, 부인! 왜 이러시오?"

　하륜은 기겁을 하여 소리치며 날아드는 회초리를 피하려고 했다. 그러나 성씨 부인의 회초리질은 무자비했다. 그 아픔은 뼛속을 파고드는 듯했다. 그보다도 더한 아픔은 알몸으로 여인의 회초리를 맞고 있는 대장부의 수치심이었다.

　'대장부로 태어나서 이런 수모를…….'

　하륜은 어금니를 깨물고 치부가 드러나지 않도록 몸을 잔뜩 웅크리고 있었다. 어느 순간 회초리질이 딱 멈췄다. 그리고 얼음처럼 차가운 성씨 부인의 목소리가 들렸다.

"앞으로 다시는 선비의 도리를 잊지 마십시오. 잡념을 깨끗이 잊고 부지런히 공부하여 입신양명하길 빌겠습니다. 그리고 오늘의 일은 누구한테도 비밀로 해드리겠습니다."

이 말을 남기고 성씨 부인은 밖으로 나갔다.

창피를 톡톡히 당하고 나니 마음도 몸도 아프기가 한량없었다. 정신없이 옷을 주워 입고 담을 넘어 그 집을 나왔다.

"빠드득……."

자기도 모르게 이가 갈렸다.

"이 수모를 어찌 한단 말인가!"

몸이 부들부들 떨렸다.

"오냐, 두고 보자!"

다음날부터 하륜은 절치부심(切齒腐心)하고 공부에만 매달렸다.

어느덧 세월이 흘러, 나라에서는 과거(科擧)를 포고했다. 한양에는 조선 팔도 방방곡곡에서 구름처럼 모여든 사람들이 앞으로 베풀어질 과거에 응시하기 위하여 운집해 있었다.

"둥둥둥……."

마침내 과거를 개시하는 북소리가 울려 퍼짐과 동시에 시제(詩題)가 나붙었다.

'음, 결과는 하늘의 뜻에 맡기자. 최선을 다하면 된다. 최선을……'

"흠!"

하륜은 가볍게 헛기침을 한번 토해내고 떨리는 손으로 붓을 잡았다. 그리고 붓에 먹물을 듬뿍 묻혀 일필휘지했다.

"휴우……."

하륜은 땡볕이 쨍쨍한 하늘을 우러러보며 가벼운 한숨을 토했다.

'진인사대천명(盡人事待天命)이 아닌가! 내가 할 수 있는 일은 다했으니 결과는 하늘의 뜻이다.'

두어 시간쯤 후에 장원과 급제한 사람들의 이름이 나붙었다. 초조하게 기다리고 있던 선비들이 앞 다투어 달려가 확인했다.

하륜은 떨리는 가슴으로 천천히 그쪽으로 걸음을 옮겼다.

"휴우……."

애를 써서 크게 심호흡을 한 뒤 용기 있게 눈을 부릅

뜨고 급제자 명단을 아래서부터 바라보았다.

급제자 명단을 아래서 위로 거의 훑었는데도 그의 이름은 나오지 않았다. 그는 맥없이 고개를 떨구고 차라리 눈을 찔끔 감아 버렸다. 이제 확률은 무섭도록 낮아져 버렸다.

'틀렸구나!'

절망감이 밀려들면서 눈물이 핑 돌았다. 이제 장원만 남았다. 마지막 한사람, 그 행운아의 자랑스런 이름은 무엇일까.

하륜은 아주 천천히 고개를 들면서 감았던 눈을 슬며시 떴다. 그리고 맨 첫 번째에 적혀 있는 한 명의 이름을 살폈다.

기적과 같은 일이었다. 당당히 자신이 장원을 한 것이다.

"아, 하늘이시여! 조상이시여!"

"으음……."

문득 떠오르는 얼굴이 있어 무거운 신음을 뱉어 냈다. 성씨 부인의 얼굴이었다.

'그냥 두지 않으리라!'

"장원은 앞으로 나오시오!"

시관의 말에 따라 하륜은 앞으로 나와 어전에 부복했다.

"경이 하륜인가?"

"예이."

옥음에 답하는 하륜의 음성은 가늘게 떨리고 있었다.

"장원은 단상에 오르라."

"예이."

하륜은 분부를 받잡고 단상에 올라가 부복했다.

곧 풍악이 울리며 상감께서 손수 어수로 금배 석 잔을 내리셨다. 하륜은 떨리는 손으로 금배를 받았다.

"성은이 백골난망이로소이다."

이어서 첩지(牒紙)가 내려지고 관복이 하사되었다. 거기에 적힌 관직은 창녕부사였다.

'아아……'

하륜의 몸속에 말로 형용할 수 없는 어떤 기류가 흐르고 있었다. 첫 부임지가 고향이라는 사실, 이루 말할 수 없이 기뻤다.

금의환향(錦衣還鄉)하는 길에서 하륜은 몇 번이고 생각에 생각을 거듭했다. 그러는 동안 그의 생각은 백팔십도로 바뀌어 있었다.

'만일 성씨 부인이 그 당시 나의 요청을 들어 주었다면 나는 지금 어떻게 되었을까? 아마 지금쯤은 주색에 빠져 보잘 것 없는 패륜 선비가 되었을 것이다. 재산은 모두 탕진되고, 가문은 말할 수 없을 정도로 몰락하여 주위로부터 조롱과 멸시를 피할 수가 없었을 것이다.'

이렇게 생각을 하고 보니, 성씨 부인은 원수가 아니라 둘도 없는 은인이요, 스승이었던 것이다.

'복수가 아니라 큰 은혜를 갚을 사람이로다!'

하륜은 고향집에 도착한 즉시 사람을 보내 성씨 부인을 모셔오도록 하였다.

성씨 부인이 왔다는 전갈을 받은 하륜은 즉시 내당으로 들어왔다. 다소곳이 앉아 있는 부인을 보니 여전히 기품 있고 우아한 모습이었다.

'아아……'

하륜은 속으로 감탄을 했다. 다시 지난날에 품었던 사모의 정이 물밀 듯이 밀려들어 가슴이 떨렸다.

"부인! 어려워하지 마시고 편히 앉으십시오."

하륜은 부드러운 목소리로 계속 말을 이었다.

"스승님, 못난 제자의 절을 받으십시오."

하륜은 넙죽 엎드리며 큰절을 했다.

"어머!"

너무 뜻밖의 일이라서 성씨 부인은 어안이 벙벙했다.

"그때 이 사람에게 벌을 주시지 않았다면 오늘과 같은 영광을 맛보지 못했을 것입니다."

"아……."

하륜은 말꼬리를 길게 흐리다가 정색을 하고 입을 열었다.

"부인께 한 가지 청이 있습니다."

"말씀하십시오."

"이 사람의 아내가 되어 주십시오."

"예?"

너무 뜻밖의 말에 성씨 부인의 눈이 왕방울만큼 커졌

다.

"나리의 고마우신 말씀은 백골난망 이옵니다. 그러나 소첩은 미천한 몸, 어찌 감히 나리의 배필이 될 수 있겠습니까?"

성씨 부인은 고개를 가로저었다.

"아무래도 저는 너무 부족하여 청을 받아들일 자격이 없습니다. 그렇지만, 나리께서 원하신다면 좋은 신부 감을 한 사람 소개할 수는 있사옵니다."

"음!"

성씨 부인이 중매한 규수는 그녀의 동생이었다. 인물도 언니와 쌍둥이처럼 닮았고, 행동거지가 어느 한구석 나무랄 데가 없었다.

하륜과 그의 부모들도 대 만족 이었다. 성씨 부인의 동생과 백년가약을 맺은 하륜은 나중에 벼슬이 정승의 자리에 이르렀다. 하정승은 상감께 주청(奏請)하여 성씨 부인에게 열녀문을 내리게 하고, 그 훌륭한 절조(節操)를 만천하에 알려 부녀자의 귀감으로 삼았다.

정숙하고 지혜로운 여인보다 더 강한 존재는 없다. 그런 여인은 인간을 바꾸고, 세상도 변하게 하는 것이다.

제2장
지혜가 있는 남자의 향기

세상에서 가장 아름다운 선물
지혜로운 자의 혀
여자의 유혹
술 낚시
친구의 선택

세상에서 가장 아름다운 선물

조선 초기의 학자 유효통(兪孝通)은 아들의 혼례 날을 받아 놓고 손수 함 두개를 마련하여 신부 집에 보내려 하였다. 그의 부인이 함 속에 넣을 채단과 보석이 준비되지 않아 속을 썩이다 못해 남편에게 물었다.

"남들은 함을 대여섯 개씩 마련하는데, 우리는 겨우 두개 가지고 되겠어요?"

이 말에 유대감은 빙그레 웃으며 입을 열었다.

"함의 개수가 문제요? 그 속에 넣은 게 문제지요."

"그렇다면 대체 무엇을 넣으셨습니까?"

부인이 호기심으로 눈을 크게 뜨고 묻자, 유대감은 나

지막이 말했다.

"이 세상에서 가장 귀한 예물을 넣었소."

"세상에서 가장 귀한 예물이라고요?"

"그렇소."

"어디, 무엇인지 구경 좀 합시다."

부인이 함을 열어보려고 손을 내밀자 유대감은 재빨리 함을 뒤로 감추며 말했다.

"이건 비밀이오. 당신한테도 가르쳐 줄 수 없을 귀중한 것이라서 보여줄 수 없소."

"……?"

한편, 유대감 집과 혼인하기로 한 황보인 정승 집에서는 함진아비가 오기를 고대하고 있었다.

"유대감 댁은 부자이고 또 명망 높은 집안이니 아마함 열 개 정도는 보낼 거야."

"그야 이를 말인가! 세상에서 가장 진귀한 물건들을예물로 보내겠지."

황보인 정승 집에 모인 일가친척들은 이런 얘기를 주고받으면서 함진아비를 기다렸다. 그런데 함진아비가 도착하자 실망과 기대가 교차되었다.

"에게, 함이 겨우 두개뿐이네……."

누군가가 실망을 표하자 다른 사람은 이렇게 말했다.

"개수가 아무리 많으면 무슨 소용이 있어? 함 속에 무엇이 들었느냐가 문제지."

이윽고 함이 열렸다. 그러자 많은 사람들은 약속이나 한 것처럼 외마디 소리를 토해냈다.

"허!"

함 속에는 채단과 보석 따위는 찾아볼 수 없고, 책만 가득 들어 있는 것이었다. 뒷날 황보인 정승은 유대감에게 무슨 까닭으로 함 속에 책만 가득 넣어 보냈느냐고 볼멘소리로 물었다. 그러자 유대감은 황보인 정승을 똑바로 바라보며 되물었다.

"금은보화가 아무리 많아도 그것은 자손대대로 훌륭하게 가르치는 책 한 권만 못한 법이오. 인간의 도리를 가르쳐 주는 좋은 책 보다 더한 보물은 없소. 그러한 책을 함에 넣은 게 잘못이란 말씀이오?"

유대감의 이 같은 반문에 부끄러움을 느낀 황보인 정

승은 아무 말도 할 수 없었다.

행복의 문은 두 사람의 순수한 사랑의 힘에 의해서 열린다. 값비싼 결혼 예물보다는 사랑과 지혜가 들어 있는 책, 삶의 좌표를 제시하는 한 권의 책이 더 소중하다. 책이야말로 '세상에서 가장 아름다운 선물' 이 아니겠는가?

지혜로운 자의 혀

조선 제23대 임금 순조(純祖)때에는 정치가 문란하여 돈을 주고 벼슬을 사는 일이 많았다. 그래서 높은 벼슬아치의 집 앞에는 엽관배(獵官輩)들이 문전성시를 이뤘다. 그 당시 영의정을 지내고 있던 정수재(靜水齋), 이병모(李柄模)는 그러한 사람들이 못마땅해서 대문에 다음과 같은 글을 써 붙였다.

돈이나 아첨으로 벼슬을 구하려는 자의 출입을 금지함. 그러나 거짓말을 잘 꾸며 대는 자는 출입을 허가함. 거짓말로 나를 감쪽같이 속이는 자에게는 관청에서 일할 수 있도록 추천함. 단 나를 속이지 못할 때는 그에 합당한 벌을 피할 수 없음.

돈이나 아첨으로 관직을 구하려던 자들은, 이 글을 보

고 스스로 발길을 돌렸다. 그런 가운데도 꾀가 있고 거짓말깨나 한다고 장담하는 사람들은 영의정과 맞섰다. 그러나 영의정의 꾀에 도리어 넘어가 혼이 나고 돌아갔다. 그러던 어느 겨울, 눈이 펑펑 내리는 날이었다. 허름한 차림의 시골 선비가 영의정을 찾아왔다.

"어떻게 왔는고?"

영의정의 물음에 젊은이는 힘 있게 대답했다.

"예, 소인이 감히 대감님을 속여 보려고 이렇게 왔습니다. 기회를 주시겠습니까?

"흠! 나를 속여 보겠다고?"

"그렇습니다."

"좋다! 그러나 만약 나를 속이지 못하면 벌을 받는다는 것은 알고 있겠지?

"예, 알고 있습니다."

시골 선비는 빙그레 웃으며 입을 열었다.

"대감님 소인은 어제 친구네 집에 가서 참으로 이상한 것을 먹었습니다."

"이상한 것이라니?"

"아 글쎄, 세상에서 보지도 듣지도 못한 큰 감이 친구
네 집 감나무에 열려 있었는데, 그 크기가 소인의 머리
통만 했습니다."

터무니없는 거짓말이었다. 이 말에 영의정은 몹시 노
하여 벼락같은 호통을 쳤다.

"에끼, 천하에 괘씸한 놈아! 세상에 그렇게 큰 감이
어디에 있어? 그 따위 얼토당토 않는 거짓말로 나를 속
이려 들어?"

영의정의 추상같은 호통에도 시골 선비는 조금도 놀
라는 빛이 없이 다시 입을 열었다.

"그렇다면, 놋대접만큼 큰 감이었다고 하면 믿으시겠
습니까?"

"그것도 너무 커!"

"그러시다면 이번에는 소인의 주먹만큼 크다고 고치
겠습니다."

주먹을 불끈 쥐고 영의정에게 보였다. 그런데 그 주
먹이 엄청나게 컸다.

"그렇게 큰 감은 없어!"

영의정의 목소리는 노기로 인하여 떨리고 있었다.

"소인의 주먹만 한 감이 없단 말씀이십니까?"

"그렇다, 이 괘씸한 놈아!"

이 말에 시골 선비는 잠시 난처한 표정을 짓고 있다가 더듬거리는 소리로 이렇게 말했다.

"그, 그렇다면 다시 고치겠습니다. 거, 거위 알 만큼 컸습니다. 여, 여기에서 더 이상 아래로 내리시면 절대 안 됩니다."

시골 선비가 세 번이나 감의 크기를 정정하자 영의정의 얼굴에는 알 듯 모를 듯한 야릇한 미소가 번졌다.

"그러면 그렇지! 거위 알 만한 감은 흔히 있지. 그 정도의 감이 크다고 하여 나를 속이려 하다니……. 이제 더 이상 할 말이 없으렷다?"

영의정은 시골 선비가 자기를 속이려 들다가 속이지 못했다고 생각하고 흡족해 했다. 그런데 이상하게도 시골 선비 역시 기쁨을 감추지 못했다.

"대감님, 소인의 이야기가 끝났으니 이만 가보겠습니다."

시골 선비는 꾸벅 인사를 하고 발길을 돌렸다. 이때 영의정의 안색이 크게 변함과 동시에 집이 떠나갈 듯, 고함이 터졌다.

"네 이놈! 어디를 그냥 가려고 하느냐? 이 고얀 놈! 나를 속이지 못했으니 벌을 받고 가야지. 냉큼 볼기 맞을 준비를 하여라."

시골 선비는 영감의 호통에도 눈 한 번 깜짝하지 않고 당당하게 말했다.

"아니, 어인 말씀입니까? 소인에게 벼슬을 주셔야지 웬 벌을 준다는 말씀입니까?"

이게 무슨 뚱딴지같은 소리인가! 영의정은 눈을 휘둥그레 뜨고 반문했다.

"뭐라고? 네놈이 나를 속였단 말이냐?"

"그렇습니다. 틀림없이 소인에게 속으셨습니다."

"이놈아! 거위 알 만한 감은 많다. 그런데 어째서 나를 속였다고 할 수 있느냐?"

"하하……."

시골 선비는 유쾌하게 웃고 나서 말을 이었다.

"물론 거위 알 만한 감은 대감님의 말씀처럼 많습니다. 하지만 소인의 얘기에서 중요한 것은 감의 크기에 있지 않습니다."

"감의 크기에 있지 않다고?"

"그렇습니다, 대감님. 계절과 관계되어 있습니다."

시골 선비의 이 말을 듣는 순간 영의정은 아차 하는 생각이 들었다. 감이 크고 작은 데만 정신이 팔려서 그만 추운 겨울이라는 사실을 깜박 잊고 있었던 것이다. 눈이 펑펑 쏟아지는 겨울에 감이 어떻게 열리겠는가! 그리하여 거짓말로 영의정을 속인 시골 선비는 벼슬을 하게 되었다.

거짓말은 악덕(惡德)이다. 그러나 거짓말보다 더한 악덕한 진실도 있다. 지혜로운 자는 거짓과 진실을 말할 때를 분명하게 구별할 줄 안다. 인간의 약점을 지적하지 말라. 진실을 말한다고 하여 그런 것을 지적한다면, 반드시 감정의 앙금을 남기게 될 뿐이다. 서로에게 유익하지 못한 진실이라면 차라리 입을 다물라.

여자의 유혹

세상에 여자를 싫어할 남자가 어디에 있겠는가! 홍우원도 본디 여자를 싫어하는 별난 성품의 사람은 아니었다. 그의 아버지 홍영(洪霙)은 동지중추부사(同知中樞府事)에 이른 사람인데, 일찍부터 아들에게 여색을 경계하라는 교육을 시켰다. 그것은 아들의 용모가 너무 잘생겼기 때문이었다. 그러나 그가 여색을 멀리한 데에는 다음과 같은 사건을 겪고 나서부터였다.

혈기가 넘치는 젊은 나이에 과거에 급제한 홍우원은 곧 황해도 어사로 제수되어 민정을 시찰했다. 성품이 올곧고 정의감이 투철한 그는 어사의 직분을 충실히 수행하며 황해도 일대를 순행했다.

어느 늦은 봄날, 신천(信川)고을을 두루 살펴본 홍 어사는 구월산(九月山)을 향해 발걸음을 옮겼다.

"아아, 정말 좋다! 참으로 아름답다!"

연신 감탄을 자아내며 산을 오르던 홍 어사는 날이 저무는 것도 모르고 있었다.

"아이쿠!, 내가 너무 경치에 팔려 있었구나!"

그는 급히 발길을 돌려 산을 내려오기 시작했다. 그러나 해가 지는 속도는 그의 발걸음보다 몇 배는 빨랐다. 실로 밤의 산은 무시무시했다. 게다가 멀고 가까운 곳에서 짐승들의 울음소리가 끝없이 들려왔다.

"일각이라도 빨리 산을 벗어나야 한다. 그래야 산다!"

홍 어사는 사방을 둘러보았다. 그런데 왼쪽 발 아래로 멀리 불빛 몇 개가 희미하게 비치고 있었다.

"어?"

눈을 크게 뜨고 유심히 살펴보았다. 그 불빛은 인가(人家)에서 새어나오는 것이 분명했다.

"살았다!"

그는 불빛을 향해 더욱 걸음을 빨리했다. 꽤 먼 거리였다. 그는 불이 켜진 집으로 갔다.

"어흠!"

홍 어사는 인기척을 하고 나서 입을 열었다.

"지나는 손이 길을 잘못 들어 하룻밤 신세를 지었으면 합니다. 부디 허락하여 주십시오."

방안에서 고운 여자의 음성이 흘러나왔다.

"뉘신지 모르오나 이 집은 아녀자 혼자 있는 집이라 묵어가시는 것은 어렵습니다. 다른 집을 찾아 가십시오."

홍 어사는 난처했다.

"마을에 불을 밝히고 있는 집은 이 집 뿐입니다. 헛간이라도 좋으니 하룻밤 묵어갈 수 없겠습니까?"

홍 어사는 정중하면서도 간절하게 말했다. 그러자 여자의 목소리가 한결 부드러워졌다.

"손님께서는 어디서 오시는 분이십니까?"

"예, 한양에서 왔습니다."

"어디까지 가시는 길입니까?"

"구월산을 구경하고 다시 한양으로 돌아가는 길입니다."

이렇게 말을 주고받으면서 호기심이 동한 여인은 문틈으로 홍 어사를 내다보았다.

'어머나'

홍 어사의 얼굴을 확인한 여인은 마음이 울렁였다. 심장이 마구 떨리는 것을 느꼈다.

'저토록 잘생긴 남자가……'

여인은 두근거리는 가슴을 애써 진정시키고 있었다.

"보셔요!"

여인은 방문을 덜컥 열고 밖으로 나오며 홍 어사를 불렀다.

"모두가 잠든 이 밤중에 손님께서 가시면 어디로 가시겠습니까? 윗방을 치워드릴 테니 거기서라도 쉬었다가 가십시오."

여인은 요염한 눈빛을 반짝이며 이렇게 말했다.

"고, 고맙습니다."

여인의 고혹적인 자태에 얼이 빠진 홍 어사는 기분이 황홀함을 느끼며 말을 더듬었다.

여인은 부산하게 윗방을 치우기 시작했다.

"산골 방이라 누추하기 짝이 없습니다."

여인의 말에 홍 어사는 가볍게 웃으며 겸양의 말을 했다.

"별, 별 말씀을 다하십니다. 길손에게 이 정도면 감지덕지한 궁궐입니다."

"호호⋯⋯. 손님께서 그렇게 말씀해 주시니 도리어 송구하옵니다. 시장하실 텐데 잠시만 기다려 주십시오."

'저토록 멋지고 잘생긴 사내를 지금껏 본 일이 없다.'

'남편 몰래 숱한 사내들을 만나 정을 통했지만, 오늘 만난 사내에 비하면 얼마나 하찮은 존재들인가!'

'후후, 오늘 밤은 내 생에서 가장 멋진 밤이⋯⋯.'

여인은 그리운 임을 맞이한 것처럼 정성껏 음식상을 준비하여 방으로 들어갔다.

"약주부터 한 잔 드십시오."

여인은 섬섬옥수로 잔을 들어 홍 어사에게 건넸다.

"아, 이것……."

맛있는 음식을 안주로 몇 모금 술을 마신 홍 어사는 한 층 마음이 대담해 졌다. 그래서 눈앞에 다소곳이 앉아 있는 여인의 얼굴을 유심히 보았다.

'월궁항아(月宮姮娥)가 구름을 잘못 밟아 지상에 떨어진 것이 아닐까?'

홍 어사는 이렇게 생각하며 여인의 허리께로 시선을 옮겼다. 수양버들처럼 휘늘어진 곡선은 남자의 가슴에 어떤 불길이 타오르게 하기에 충분했다.

"으음!"

홍 어사는 기묘한 신음을 토해내며 시선을 밥상으로 옮겼다.

음식을 먹으면서 여인과 관계된 여러 가지 생각을 했다.

"바깥주인은 어디로 가셨나요?"

홍 어사가 먼저 입을 열었다.

"아주 멀리 가셨답니다."

"무슨 일을 하기에 그렇게 멀리 가셨나요?"

"일은 무슨 일이겠습니까. 한번 가면 다시는 돌아오지 못하는 곳으로 가셨습니다."

"그, 그런 일이 있었군요. 이거 죄송합니다. 내가 괜한 말을 해서 부인의 아픈 상처를 건드렸나 봅니다."

"……."

홍 어사는 여인에게 진한 연민의 정을 느끼면서 밥그

릇을 깨끗이 비웠다.

"정말 잘 먹었습니다."

여인은 밥상을 들고 부엌으로 나가 설거지를 끝내고 다시 방으로 들어왔다.

"이 일을 어쩌지요?"

여인은 부끄러운 듯 나직이 입을 열었다.

"이부자리가 하나뿐이라서 드릴 것이 없습니다. 내 이부자리를 드렸으면 좋겠지만, 너무 더러워서 그럴 수도 없고……."

여인의 목소리는 가볍게 떨리고 있었다.

"내 걱정은 마시고 어서 가서……."

"밤이 깊었으니 어서 가서 주무십시오."

홍 어사는 여인의 뜨거운 시선을 외면하며 다소 냉정한 소리로 말했다. 그러나 마음 한편에서는 여인이 가지 않기를 바라는 생각이 꿈틀거리고 있었다.

'내가 무슨 망령된 생각을…….'

홍 어사는 야릇한 흥분을 금치 못했다. 그렇지만 인내력을 발휘하여 그것을 내색하지 않았다.

'저 여자가 끝까지 가지 않는다면 어떻게 될까? 끝까지 내가 인내할 수 있을까?

'작전을 쓰자'

홍 어사는 연거푸 하품을 해대며 실눈으로 살며시 여인의 반응을 살폈다. 그랬더니 여인의 얼굴은 실망감이 가득했다.

'옳지!'

홍 어사는 쾌재를 지르며 꾸벅꾸벅 졸기 시작했다. 그로서는 지금 참으로 눈물겨운 인내심을 발휘하고 있는 것이었다.

"그럼 곤하실 텐데 편히 주무세요."

여인이 방을 나가자 홍 어사는 번쩍 눈을 떴다. 뭔가 아까운 기회를 놓친 것처럼 마음이 안타까웠다. 여인은 아랫방으로 와서 곧바로 이불을 뒤집어쓰고 들어 누웠다. 하얗고 깨끗한 피부, 주름살 하나 없이 드넓은 이마, 남성미가 물씬 풍기는 당당한 체구, 어느 한군데 흠잡을 수 없을 만큼 완벽에 가까운 미장부였다.

"그 사내 품에 안겨 봤으면……."

여인은 베개를 부둥켜안고 무섭게 몸부림쳤다. 그러다가 벌떡 몸을 일으키며 신음하듯 중얼거렸다.

"이대로 포기할 수 없어!"

이 시각 윗방의 홍 어사도 잠을 못 이루고 있기는 마찬가지였다. 그 연연한 여인의 모습이 눈앞에 삼삼하여 전전반측을 거듭하고 있었다. 이때 밖에서 발자국 소리가 들렸다. 홍 어사는 여인이라고 짐작했다. 방문이 열리고 사람이 들어왔다.

"드르릉, 드르릉……."

홍 어사는 모로 누워 억지로 코를 골았다.

"정말 주무십니까?"

낮으면서도 날카로운 목소리였다. 홍 어사가 대답을 하지 않고 계속 코를 골자 여인은 그의 허리 밑으로 손을 집어넣었다.

"방바닥이 이렇게 찬 데 잠이 오실까?"

여인은 이렇게 말하며 뒤에서 살며시 홍 어사의 허리를 얼싸안았다. 여인의 볼록한 젖가슴이 등에 압력을 가하는 것을 느낀 홍 어사는 정신이 아찔하였다.

'이래서는 안 된다!'

그는 마음을 굳게 먹고 잠결을 가장하여 데구루루 몸을 옆으로 굴렸다.

"어머, 잠버릇 한 번 고약해라!"

여인은 홍 어사의 곁으로 바짝 접근했다. 작정을 한 듯 이번에는 홍 어사의 몸을 바로 누이고 그 위로 올라탔다. 그와 동시에 가쁜 숨결을 토해 내는 입술로 그의 입술을 정신없이 더듬었다. 이제는 더 이상 잠자는 시늉도 할 수가 없었다.

"으윽!"

홍 어사는 달게 자다가 깨어난 사람처럼 퉁명스럽게,

"왜 자지 않고 이러시오? 곤해 죽겠으니 어서 가서 주무시오."

"이 양반이 정말……."

여인의 입에서 쇳소리가 났다. 끓어오른 음욕을 주체할 수 없게 된 여인은 벌떡 자리에서 일어나 냉큼 홍 어사의 등에 올라앉았다.

"으으……."

여인은 둔부를 홍 어사의 등에 마구 비벼대면서 기성을 토해내기 시작했다.

"정말 왜 이러시오? 곤해 죽겠으니 제발 잠 좀 자게 해주시오! 부탁이오!"

홍 어사의 성난 음성에 여인은 순간 몸부림을 멈추었다. 여인은 뜨거운 입김을 홍 어사의 귀에 후후 불어 넣었다.

"쏟아지는 잠을 어떻게 하겠소? 나는 한번 잠이 오면 아무 것도 할 수가 없는 사람이오. 그러니……."

홍 어사는 한층 더 피곤하여 괴로운 듯이 끙끙거렸다. 실로 그 순간의 홍 어사는 인간이 인내할 수 있는 한계를 초월하고 있었다.

"목석같은 사내!"

마침내 여인은 분노와 원망이 뒤섞인 소리를 토해내며 홍 어사의 몸에서 떨어져 나갔다. 그러나 완전히 포기하기에는 아쉬움이 남는 듯했다.

"귀찮게 해서 죄송해요. 주무시다가 춥거든 저를 깨우세요. 문을 열어 놓고 있을 테니까요."

여인은 이렇게 뒤를 기약하는 말을 남기고 아랫방으로 건너왔다. 자리에 누웠지만 잠이 올 리는 만무했다.

"으으으……."

여인은 발정 난 짐승처럼 기괴한 신음을 토하면서 몸부림을 치기 시작했다. 이때 홍 어사의 방을 엿보고 있는 무서운 눈길이 있었다. 파르스름한 불길이 활활 타오르는 눈으로 홍 어사의 방을 노려보는 장한(壯漢)의 손에는 서릿발 같은 칼이 들려 있었다. 아랫방 문이 열리자 장한은 급히 벽 뒤로 몸을 숨겼다. 주시하는 시선이 있다는 것을 꿈에도 모르는 여인은 부풀어 오른 유방을 여미면서 윗방으로 갔다.

"보셔요! 언제까지나 주무시기만 하실 건가요?"

여인은 코를 골고 있는 홍 어사의 몸을 마구 흔들었다. 마지못해 눈을 뜬 홍 어사는 신경질적으로 몸을 일으켜 자리에 앉았다. 여인은 별안간 홍어사의 무릎에 얼굴을 파묻고 흐느끼기 시작했다. 일이 이렇게 되니 난처한 것은 홍 어사였다.

'젊은 나이에 혼자되어 얼마나 외로움에 사무쳤으면

이럴까! 가여운 여인을 내버려 두는 것도 대장부의 할 짓이 아니지 않는가?'

여인의 눈물 작전에 갑자기 마음이 허물어진 홍 어사는 그녀의 등을 부드럽게 어루만지기 시작했다.

"울지 마시오, 부인! 이젠 부인의 뜻대로 하겠소."

이 말이 떨어지기가 무섭게 여인은 홍 어사를 와락 끌어안았다.

"으음!"

문틈으로 방안의 동정을 살피고 있던 장한은 칼을 든 손에 더욱 힘을 주었다.

'그래, 너희들의 목숨도 이젠 끝이다.'

"어서 가요."

여인은 홍 어사의 손을 잡아끌다시피 하여 아랫방으로 갔다. 소리 없는 장한의 그림자가 두 남녀의 뒤를 따랐다. 홍 어사가 따뜻한 이불 속으로 들어가 눕자 여인은 천천히 옷을 벗기 시작했다. 달빛 같은 여인의 나신이 은은히 윤곽을 드러냈다. 홍 어사는 너무 황홀하여 눈을 지그시 감았다. 잠시 후, 여인은 입김으로 등잔불을 끄고 이불 속으로 기어들었다. 이제는 다른 말이 필요 없는 순간이었다.

'오냐! 저승에 가서라도 나를 원망하지 마라.'

장한은 문고리를 잡으려고 손을 내밀었다. 그 손이 부르르 떨리고 있었다. 바로 이때 홍 어사의 눈앞에 불쑥 떠오르는 얼굴이 있었다. 아버지의 얼굴이었다. 노한 아버지는 이렇게 소리치고 있었다.

'여색을 경계하지 않으면 반드시 평생토록 후회할 일이 생기니라! 평생토록 후회할 일이…….'

순간 이성을 찾은 홍 어사는 벌떡 일어났다. 그와 동시에 방문을 박차고 밖으로 뛰어나와 윗방으로 들어가 버렸다.

"아니, 왜 이러세요?"

화들짝 놀란 여인이 알몸으로 따라 나와 소리를 질렀다. 여인은 흥분하여 방문을 잡아당겼다. 그러나 홍 어사가 안에서 문고리를 걸었기 때문에 문이 열리지 않았다.

"문 열어, 문!"

여인은 부서져라 하고 마구 문고리를 잡아당겼다.

"모두 부질없는 일이오. 잡된 생각일랑 깨끗이 버리시오."

이 말에 여인은 표독스럽게 외쳤다.

"에잇, 망할 놈! 자다가 급살이나 맞아 죽어라!"

여인은 윗방을 향해 독설을 퍼붓고 옷을 걸치더니 어디론가 급히 걸음을 옮겼다. 시간이 한참이나 흘렀지만, 여인이 돌아오는 기척은 없었다. 홍 어사는 여인이 홧김에 바람을 쐬러 나간 것이라고 생각했다.

"내일을 위하여 자자."

이리저리 몸을 뒤척이고 있을 때, 멀리서 섬뜩한 비명 소리가 들렸다.

'무슨 소리지?'

홍 어사는 등골이 오싹함을 느끼며 귀를 기울였다. 그러나 그 소리는 다시금 들리지 않았다. 그 비명의 여운이 미처 사라지기도 전에 밖에서 사람의 발자국 소리가 들렸다. 홍 어사는 여인이 돌아온 것이라고 생각했다.

'제발 다시 오지 말았으면……'

기도하는 심정으로 여인이 고이 잠자리에 들기를 바랐다.

"손님, 주무십니까?"

몇 번이나 불러도 대꾸를 하지 않자, 밖에서 부르는 소리가 한층 커졌다. 그것은 분명 여인의 소리가 아니라 남자의 소리였다.

"엉?"

깜짝 놀란 홍 어사는 자리에서 일어나 앉았다.

"누, 누구시오?"

"예, 소인은 이 집 바깥주인 입니다."

"이 집 바깥주인은 벌써 오래전에 죽었다던데……?"

"죽었다는 말은 소인의 처가 손님을 속인 것입니다. 자초지종을 말씀드리겠으니 문을 열어 주십시오."

남자의 말에 진실성이 있었기 때문에 홍 어사는 문을 열어 주었다. 문을 열자마자 피비린내가 코를 찔렀다.

"헉!"

홍 어사는 소스라치게 놀라 한 발짝 뒤로 물러섰다.

건장한 체구의 사나이가 피 묻은 칼을 들고 우뚝 서 있었다.

"놀라지 마십시오."

칼을 바닥에 놓은 사나이는 홍 어사를 향해 공손히 절을 올렸다.

"선비님은 진실로 성인군자 이십니다."

이렇게 말머리를 꺼낸 사나이는 모든 사실을 털어놓기 시작했다. 그의 아내는 성품이 음탕한 여자였다. 틈만 있으면 외간남자를 유혹하여 정을 통했다. 그것을 눈치 챈 남편은 덜미를 잡으려고 일부러 멀리 출타한 것으로 가장하고 숨어서 아내의 행실을 지켜보고 있던 것이었다.

"선비님께서 그 음탕한 계집의 유혹을 단호히 물리치는 것을 보고서 소인은 무척 감탄 하였습니다. 그런데 그 음녀는……."

홍 어사를 유혹하려다가 실패한 여자는 불길처럼 일어나는 음심을 참지 못하고 밖으로 나갔다. 그녀가 간 곳은 평소에 정을 통하던 마을 사람의 집이었다.

"두 년 놈은 만나자마자 곧바로 그 짓을 하더군요. 그래서 단칼에 요절을 내고 오는 길입니다."

홍 어사는 간담이 서늘해지는 것을 느꼈다.

'만일 오늘 밤 내가 여인의 줄기찬 유혹을 뿌리치지 못했다면 꼼짝없이 저 칼을 받았을 것이 아닌가!' 이렇게 생각하니 지옥의 문턱까지 갔다가 구사일생으로 살아나온 심정이었다. 이런 일을 겪은 후로 홍우원(洪宇遠)은 여색을 멀리하게 되었던 것이다.

남자가 세상을 살아가면서 제일 조심하고 경계해야 할 일중에 하나를 꼽으라면 단연코 '여자의 유혹' 이라고 말할 수 있겠다. 그만큼 여자의 유혹 앞에서는 남자의 굳은 뜻도 지키기 어려운 것이다. 그러나 아무리 어렵더라도 참아야 할 때는 참아야 한다. 그래야 화를 면하고 당당하게 세상을 살아갈 수 있는 것이다.

쉬운 일이라면 누구나 할 수 있지 않겠는가! 남이 할 수 없는 일을 하는 사람, 남과의 싸움보다는 자신과의 싸움에서 승리하는 사람이야 말로 참으로 훌륭한 사람이다. 세상에서 가장 소중한 일 중에 하나가 될 것이다.

술 낚시

늘음은 다가오고 세월은 가니 아! 애석하도다.

마음을 너그럽게 해 주는 것은 참으로 이 술 뿐이로다.

흥을 돋우는 것은 시(詩)만한 것이 없고,

이 마음 도연명만이 알리라.

　- 두보(杜甫)

　열하일기의 저자 연암(燕巖) 박지원은 조선 정조(正祖) 때의 문장가이자 실학의 대가이다. 그의 가문은 조상 대대로 유명한 학자와 고관을 배출한 명문이다. 그러나 그

의 조부와 아버지는 성품이 강직하고 청렴하여 재물과
는 거리가 멀었기 때문에 집안은 늘 가난하였다. 박지원
은 술을 몹시 좋아했다. 그래서 그의 아내는 어려운 살
림에도 불구하고 술을 빚어 끼니때마다 한 잔씩 마시게
했다. 그러나 그 이상은 절대 주지 않았다.

'한잔만 더 마셨으면 딱 좋겠는데…….'

아침 반주로 한잔의 막걸리를 얻어 마신 박지원은 감
질이 나서 아내의 눈치를 살폈다. 그러나 아무리 사정을
하여도 더 이상 술을 주지 않는다는 것을 그 자신이 너
무 잘 알고 있었다. 입맛만 다시고 있던 박지원은 무슨
생각을 했는지 집 밖으로 나왔다.

"손님을 낚는 방법 밖에 없겠구나."

이렇게 중얼거리며 오고 가는 행인을 살폈다. 이때
마침 저쪽에서 사인교를 타고 오는 사람이 있었다.

"옳지!"

박지원은 쾌재를 부르며 그 사인교를 가로막았다. 사
인교에 타고 있는 사람은 도승지(都承旨) 정존중(鄭存中)이
었다.

"그대는 누군데 길을 막는가? 나를 아는가?"

이 말에 박지원은 빙그레 웃으며 입을 열었다.

"영감 누추한 집이나마 제 집에 잠깐 들렀다가 가십시오. 바로 이 집입니다."

정승지는 박지원이 가리키는 집을 흘금 흘겨보았다. 초라한 초가삼간이었다.

"흠!"

그는 마땅찮은 헛기침을 하고 입을 열었다.

"나는 입궐하는 길이라서 그럴 틈이 없네."

이 말에 박지원은 눈살을 찌푸리며 콧방귀를 뀌었다.

"흥! 잠시면 된다는데 왜 그리 비싸게 구는 게요? 행색이 초라하다고 사람을 무시하는 게요 뭐요?"

"허. 너무 무례하지 않은가?"

정승지는 어처구니가 없고 또 불쾌하여 가볍게 꾸짖었다. 그러나 선비는 길을 비킬 생각도 않고 자꾸 말씨름을 걸어오는 것이었다.

"나도 명색이 양반의 자손이고 글줄이나 읽은 선비요. 그런데 선비의 초대를 일언지하에 거절할 수가 있소?"

"허, 알았네."

정승지는 길가에서 더 이상 시비하는 것이 창피하여 잠시 들려가기로 했다. 박지원은 의기양양하게 집으로 들어가서 크게 소리쳤다.

"귀한 손님이 오셨다. 어서 술상을 내오너라!"

"아침에 술은 무슨 술인가? 나는 입궐하는 몸이라 술을 마시지 못하네."

정승지의 말을 들은 박지원은 들은 척도 하지 않았다. 오히려 더 큰 소리로 이렇게 외쳤다.

"약주를 좋아하는 어른이시니 술을 충분히 준비하도록 하여라."

정승지는 엉겁결에 사랑으로 들어갔다. 집은 비록 초라했지만 방안은 책이 가득했다. 이윽고 술상이 나왔다. 안주는 김치 한 접시뿐이고, 술은 막걸리였다.

"음 술 주전자가 묵직하군."

박지원은 흡족한 표정으로 이렇게 중얼거리면서 잔에다 가득 술을 따랐다. 그런 후 정승지를 보고 말했다.

"영감께서는 좋은 술만 드시겠지요? 이런 막걸리는 입에 맞지 않으실 겁니다. 그러니 제가 영감 대신 마셔 드리겠소."

박지원은 자기가 따른 술을 정승지에게 권하지도 않고 단숨에 들이켰다.

"카! 술맛 좋다!"

김치 한 조각을 우걱우걱 씹으면서 다시 잔에 술을 따랐다.

"이번에는 정말로 제 차례지요."

그러면서 또 자기가 마셨다. 몇 번이나 자기가 따르고, 자기가 마시고 했다. 정승지에게는 한 잔도 권하지 않았다. 정승지는 선비의 하는 짓이 하도 우습고 맹랑하여 그저 보고만 있었다. 주전자의 술을 모두 마신 박지원은 멍하니 앉아 있는 정승지를 향해 이렇게 말했다.

"좀 황당하셨겠지만, 너무 이상하게 생각하지 마십시오. 오늘은 영감께서 저의 술 낚시에 걸려든 것이외다. 하하하하⋯⋯."

"술 낚시? 그게 무슨 말인가?"

"하하하……."

박지원은 다시 한 번 웃음을 터드리고 나서 그 까닭을 말했다.

"보시다시피 제 집이 가난하여 좋아하는 술을 마실수가 없습니다. 제 내자(內子)는 손님이나 와야 술을 내놓는데, 제 처지가 이러하다 보니 찾아오는 손님도 별로 없습니다. 그래서 오늘은 영감을 낚아서 제가 술을 마신 것입니다. 무례를 용서하십시오."

"허……."

정승지는 쓴웃음을 지으며 박지원의 집을 나와 대궐로 들어갔다. 그리고 여러 대신들에게 그 기상천외한 이야기를 전했다. 그가 연암임을 안 몇몇 대신들이 그의 궁핍한 생활을 안타깝게 여기고 임금께 주청하여 벼슬에 천거했다. 그리하여 박지원은 나이 오십에 처음으로 벼슬길에 들어서게 되었다.

무엇이던지 자기가 필요로 하는 것은 스스로 찾아야 한다. 찾으려고 노력하는 사람에게 그것은 반드시 주어지게 마련이다. 실학사상을 발전시킨 선구자 박지원은 먹고 싶은 술을 마시려고 기상천외한 술 낚시를 생각해 내어 벼슬까지 얻지 않았는가. 하늘은 스스로 돕는 자를 돕는 법이다.

친구의 선택

전라도 강진현에 이덕호(李德浩)라는 이름의 선비가 살고 있었다. 그의 가장 절친한 친구인 최광수(崔光洙)는 당시 강진현의 현령(縣令)을 지내고 있었다. 한 사람은 위세 당당한 한 고을의 현령인데 반해 다른 한 쪽은 일개 평민에 지나지 않았다. 그렇지만 두 사람의 깊은 우정은 벼슬이 있고 없음을 떠난 막역한 사이였다. 아무 거리낌 없이 지낼 만큼 흉허물이 없었다. 그들은 어려서부터 동문수학을 했다. 서당을 함께 다녔는데, 흡사 서로의 그림자인 것처럼 붙어 다녔다.

"우리의 우정을 죽는 날까지 변치 말자."

"암 그래야지! 세상에서 가장 절친한 우리가 아닌
가."

그들은 서로에게 어려움이 있으면 마치 자신의 일처
럼 나서서 처리를 해줬다. 기쁨도 슬픔도 함께 나눴다.
그들이 절친하게 된 데에는 잊을 수 없는 하나의 사건이
있었다. 그들이 열 살 때의 어느 가을, 서당에서 돌아오
는 길에 그들은 요란한 풍악소리를 울리며 다가오는 행
차를 목도하게 되었다.

"야 덕호야! 저게 뭐지?"

"응, 어디……."

덕호는 광수가 가리키는 쪽으로 시선을 옮겼다. 그것
은 신관 사또의 행차임이 분명했다.

"앗 사또의 행차다!"

"사또의 행차라고?"

"그래, 틀림없어."

사또의 행차는 그들이 있는 쪽으로 점점 가까워지기
시작했다. 벽제와 나팔소리와 함께,

"쉬이, 물렀거라!"

하고 외쳐대는 호령이 귓전을 울렸다. 사인교에 높다 랗게 앉아 있는 신관 사또의 모습은 실로 위풍당당했다. 그것을 부러운 눈으로 바라보고 있던 광수의 얼굴에 순 간 알 듯 모를 듯, 미소가 서렸다.

"야, 덕호야! 우리 저기 나무 위에 올라가서 편하게 구경하자!"

광수가 길가 저만치에 서 있는 노송을 가리켰다.

"왜? 여기서 구경해도 되잖아!"

덕호가 영문을 모르겠다는 표정을 지었다. 그러자 광 수는 싱글거리며 말했다.

"아냐, 나에게 좋은 생각이 있어서 그래."

"좋은 생각이라니?"

"잠자코 나만 따라와!"

그리하여 덕호와 광수는 나무 위로 올라갔다. 둘은 소나무 가지에 서서 다가오는 행차를 구경하기 시작했 다.

"쉬이, 물렀거라! 사또 행차이시다!"

신관 사또의 행차에 길을 가던 사람들은 모두 고개

를 조아렸다. 사또의 행차가 곧 그들이 올라 서 있는 나무 밑을 통과하려고 했다. 바로 이때, 매우 호전적인 성격의 광수가 덕호를 보고씩 한번 웃더니 느닷없이 허리끈을 풀었다. 그런 다음 대담하게도 나무 아래를 향하여 오줌을 갈기는 것이 아닌가.

"앗! 광수야, 너 미쳤어?"

덕호가 깜짝 놀라 낮은 소리로 외쳤다.

아래로 떨어진 오줌줄기는 여지없이 신관 사또의 머리위에 떨어졌다.

"어, 이, 이게 뭐야? 갑자기 뜨거운 비가……."

사또는 이리저리 고개를 피하며 하늘을 쳐다보았다. 파란 물감을 풀어 놓은 듯한 맑고도 청명한 가을 하늘이었다. 구름 한 조각 없는 하늘에서 비가 올 리는 만무했다.

"행차를 멈추어라!"

갑자기 안색이 변한 사또는 호령을 내질렀다. 그러자 사령들이 행차를 멈추고 사인교를 내려놓았다.

"이 무슨 해괴한 일인고? 맑은 하늘에서 비가 내릴 리는 없는데……. 저 나무 위로부터 더운 물이 쏟아져 내린 연유를 아뢰어라!"

사태가 이쯤 되자 시종들보다 더 황당한 것은 광수와 덕호였다. 하룻강아지 범 무서운 줄 모르고 저지른 장난이 큰 사건을 일으킨 것이다. 눈앞이 캄캄해 졌다. 오줌을 찔끔 지렸다.

"앗! 저 위에 사람이 있다!"

"두 놈이다!"

"어허, 저런 괘씸한 놈들이 있나! 당장 저놈들을 끌어내려라!"

이윽고 광수와 덕호는 억센 손아귀에 잡혀서 사또 앞에 꿇어앉았다. 얼굴빛은 사색이 다 되어 있었고, 몸은 사시나무처럼 벌벌 떨었다.

"네 요놈들! 어느 어르신의 행차이신데 감히 그런 장난을 했느냐?"

시종 하나가 눈알을 무섭게 부라리며 벼락을 때렸다. 귀청이 떨어져 나간 듯이 먹먹했다. 이제는 꼭 죽은 목숨이었다. 생살여탈권(生殺與奪權)을 가진 사또에게 큰 죄를 범했으니, 그 목숨은 실로 바람 앞의 등불과도 같았다.

"너희 두 놈 중에 어느 놈의 짓이냐?"

사또가 추상같은 소리를 질렀다. 이때 덕호의 머릿속을 번개처럼 스쳐가는 생각이 있었다. 붕우유신(朋友有信), 즉 진정한 친구는 친구를 위해 목숨도 바칠 수 있어야 된다는 그런 생각이었다.

'그렇다! 내가 광수를 위해 벌을 받자.'

덕호는 비장한 표정으로 고개를 들었다.

"소인이 그랬습니다."

덕호의 침착한 목소리가 날카로운 송곳이 되어 광수의 귓전을 파고들었다. 소스라치게 놀랐던 것은 물론이었다. 자기를 구하기 위해 스스로를 희생하려는 덕호의 우정이 가슴을 뭉클하게 만들었다.

'안 된다. 죄는 내가 지었다. 그런데 나를 대신하여 덕호가 벌을 받아서는……'

광수는 이런 생각을 함과 동시에 고개를 번쩍 들어 소리쳤다.

"사또, 아니옵니다. 죄는 소인이 지었습니다. 그러니 소인에게 벌을 내리십시오!"

"너는 가만히 있어."

덕호가 광수의 옆구리를 찌르며 귀엣말을 한 후에 다시 사또를 올려다보았다.

"방뇨를 한 것은 소인의 짓이 분명하옵니다. 어서 벌을 내려 주십시오."

"아닙니다. 사또! 이 친구는 소인을 살리기 위해 거짓을 아뢰고 있는 것입니다."

"정녕 그렇지 않습니다. 소인의 짓입니다."

"소인이 그랬습니다."

광수와 덕호는 다투듯이 서로 자기가 죄를 지었다고
아뢰었다. 사또와 시종들은 넋을 잃고 그들의 다툼을 지
켜보고 있었다.

"흠!"

두 눈에서 금세 불덩이라도 튀어 나올 것처럼 대로했
던 사또는 이 흐뭇한 광경에 감동했다. 친구를 구하기
위해 서로 벌을 받겠다고 하는 모습이 매우 부럽고도 좋
아 보였던 것이다.

"너희들이 서로가 그랬다고 하니, 어디 연유를 말하
여 보아라."

사또의 음성은 매우 부드러웠다. 그 말에 덕호가 아
뢰었다.

"저희들이 가을의 취향에 잠겨 글귀나 지어 보려고
나무 위에서 생각에 잠겨 있었습니다. 그런데 저기에 피
어 있는 국화에 마음을 너무 빼앗겨서 그만 사또의 행차
를 알아보지 못했습니다. 이유야 어쨌든 큰 죄를 저질렀
으니 소인이 죄 값을 달게 받겠습니다."

덕호는 적당히 말을 둘러댔다.

"뭐라고? 국화에 마음이 빼앗겨 나의 행차를 알지 못했다 이 말이냐?"

"그러하옵니다."

"흠!"

사또는 헛기침을 하고나서 말을 이었다.

"그렇다면 저 국화를 가지고 글을 지어 보아라."

사또의 분부가 떨어지자 덕호는 지필묵을 꺼냈다. 그런 다음 일필휘지로 단숨에 글을 지어 바쳤다.

君何先達 我何遲, 秋菊春蘭 各有時
그대는 어찌하여 그렇게 출세를 하였고,
나는 왜 이렇게 보잘 것 없는가?
가을 국화와 난초는 각기 피어날 때가 따로 있지 않은가!

"허허, 천하에 명문장이로다!"

이 글을 본 사또는 혀를 내두르며 감탄했다. 벌은커녕 후한 상까지 주어서 그들을 돌려보냈다. 이러한 일이 있고부터 광수와 덕호의 우정은 더욱 돈독해 졌다. 생사

고락을 함께 하기로 약속하고 그 우정을 오랜 세월 지켜왔다. 그런데 광수는 과거에 급제하고, 덕호는 번번이 낙방 했다. 고향의 현령으로 부임한 광수는 덕호를 물심양면으로 도왔다.

덕호는 친구를 찾아 제집처럼 동헌(東軒)에 드나들었다. 현령은 언제나 반갑게 친구를 맞이했다. 또한 후하게 대접했다.

"사또, 이 생원께서 오셨습니다."

이방도 그들 두 사람의 우정을 아는지라, 덕호에게 깍듯이 예절을 지켰다. 고을 사람들도 마찬가지였다.

"어서 들어오게나."

현령은 손수 문밖으로 나와 덕호를 맞아들였다.

"며칠 동안 자네를 보지 못했더니 상사병이라도 날 것만 같아서 이렇게 왔네. 허허허……."

"하하하, 그 소리는 내가 할 소리네."

두 사람은 서로 손을 잡아 흔들며 반가워했다. 며칠을 보지 못하면 견디지 못할 정도로 두 사람의 우정은 각별했다. 그칠 줄 모르는 막역지우(莫逆之友)들의 환담에 어느덧 석양이 되었다. 덕호는 문득 무엇을 생각하였는지 최 현령을 바라보며 말했다.

"여보게 광수, 자네도 알다시피 나의 사정이 딱하기 그지없네. 이 봄에 먹고 살 양식이 걱정이네."

"허어, 이 사람도 참! 그런 것을 가지고 무얼 그렇게 걱정하나. 양식이 떨어지면 굳이 나에게 말을 하지 말고 앞으로 내 집 청지기에게 말하고 가지고 가게. 그리고 그런 걱정일랑 접어 두고 부디 학업에만 충실했으면 좋겠네. 자네와 같은 수재가 왜 과거에 급제를 못하는지 나로서는 도무지 이해할 수 없네."

최 현령은 친구 덕호가 번번이 낙방거자가 되는 것을 자신의 일처럼 안타까워했다. 그래서 늘 학업에 열중하기를 당부해 오고 있던 터였다. 그러나 덕호는 그 우정 어린 충고를 늘 예사로이 받아넘겼다.

"사람에게는 관운(官運)이 있는 걸세. 나도 때가 되면 될 테니까 그리 걱정을 말게."

"여보게, 내가 지나친 노파심에서 하는 말인지는 모르겠지만, 운이 올 때를 기다리지 말고 노력을 더해서

운을 잡아야만 하는 것이 아니겠는가?"

"하하, 너무 걱정하지 말게. 아무려면 내가 설마……."

덕호는 그런 말을 남기고 집으로 돌아갔다.

"휴우……."

그의 뒷모습이 보이지 않을 때까지 바라보고 있던 최 현령의 입에서는 길고 긴 한숨이 터져 나왔다.

"저 친구의 재능은 나보다도 뛰어나건만……. 조금만 더 노력한다면 과거 급제는 문제가 아닌데……."

최 현령은 혼자서 그런 말을 토해내며 눈을 감고 골똘히 생각에 잠겼다. 아무리 생각해도 덕호의 재능은 자기보다 뛰어난 것은 사실이었다. 그런데 그 재능만 믿고 너무 노력을 하지 않는 것이라고 판단을 내렸다.

'과연 나는 그의 절친한 친구로서의 역할을 다하고 있는가? 곤궁한 그의 가정을 마냥 돌보아주고 있는가? 그가 학문에만 분발하게 할 수 있는 방법이 없을까?' 한참 동안 깊은 생각에 잠겨 있던 최 현령은 갑자기 눈을 번쩍 뜨며 무릎을 쳤다.

"그렇다! 그 방법밖에 없다!"

최 현령의 얼굴에 회심의 미소가 서렸다. 그로부터 여러 날이 지났다. 온갖 꽃들이 만개한 화사한 어느 봄날이었다. 덕호는 해가 중천에 떠오를 때까지 늦잠을 잔 후에 깨어나서 헛기침을 했다.

"으험, 으허험!"

남편의 기침소리를 듣고 부엌에서 아침상을 차리고 있던 부인이 행주치마에 물 묻은 손을 닦으며 남편 앞에 나섰다.

"여보, 양식이 없는데 어찌 하리까?"

"허어, 걱정도 팔자요."

덕호는 한가하게 수염을 쓰다듬어 내리면서 별것을 다 걱정한다는 표정을 지었다.

"수염이 석 자라도 먹어야 살지 않습니까?"

부인의 목소리에는 다소 가시가 돋쳐 있었다.

"양식은 현령이 줄 것이니 당신은 염려하지 마시오."

"무슨 낯으로……."

부인은 매번 현령의 도움을 받는 것이 염치가 없었

다.

"그 친구와 나는 보통 사이가 아니라는 것을 당신도 알고 있지 않소? 친구 사이에 곤궁할 때 서로 돕는 것은 당연한 일이오."

"……."

부인은 입을 다물고 깊은 눈으로 남편을 물끄러미 보고만 있었다. 덕호는 늦은 아침을 뜨는 둥 마는 둥하고 밖으로 나왔다. 오늘은 관아에서 잔치가 있는 날이기 때문이었다. 그가 동헌에 당도했을 때는, 꽃향기 풍기는 동헌의 넓은 마루 위에 벌써부터 잔치의 흥이 넘실거리고 있었다. 최 현령을 중심으로 하여 이웃 고을의 수령들, 그리고 명문거족 출신들이 술잔을 주거니 받거니 하며 담소를 즐기고 있었다. 덕호는 그 광경을 흐뭇한 눈으로 잠시 바라보고 있다가 '내가 왔노라' 하는 듯이 큰 기침을 두어 번 했다.

"으험, 으허험!"

그런 후 서슴지 않고 동헌으로 발을 들여놓았다. 이때 그의 앞을 탁 버티고 선 사람이 있었다.

"어디를 함부로 들어오려고?"

뜻하지 않았던 호령에 덕호는 날카로운 눈으로 그자를 쳐다보았다. 그런데 이게 웬일인가! 그 사람은 다름 아닌 여태까지 자신에게 깍듯이 예절을 차리던 이방이었던 것이다.

"어허, 이 사람이 눈이 멀었나? 나야 나!"

덕호는 이방이 착각을 일으킨 것으로 생각했다. 그래서 웃으며 수염을 위엄 있게 쓸어 내렸다.

"하하, 자네가 잠시 착각을 했나보군 그래?"

"뭣이라고? 내가 착각을 했다고?"

이방의 목소리는 냉랭하기 그지없었다. 덕호는 고개를 갸우뚱거리다가 도끼눈을 만들어 이방을 쏘아 봤다. 백주에 이방의 눈이 멀지 않았나 생각되었기 때문이었다.

"당신이 나를 쏘아 보면 어쩔 게요? 썩 물러나시오! 사또의 명령이오."

"뭐라고? 사또의 명령이라고?"

"그렇소."

덕호는 어안이 벙벙했다. 마치 꿈을 꾸는 것만 같았
다. 친구 광수가 자기에게 이런 대접을 할 리는 만무했
기 때문이었다. 그래서 꿈이 아닌가 하여 자신의 옆구리
를 힘껏 꼬집어보았다.

"아얏!"

자신의 입에서 아픈 비명이 터졌다. 분명 꿈은 아니
었다.

"현령을 불러 주게나."

덕호는 계속 이방을 노려보며 퉁명스럽게 말했다. 그
러자 이방의 입은 더욱 거칠어졌다.

"허어, 썩 물러가지 않고 웬 잔말은 잔말이오! 경을
치기 전에 썩 꺼지시오."

"뭐, 뭐, 나더러 지금 꺼지라고 했는가?"

"이놈아 그렇다!"

"뭐, 이놈?"

"그렇다, 이 거지같은 놈아!"

갈수록 가관이었다. 이방의 무례한 말투에 덕호는 화
가 머리끝까지 치밀어 올라 동헌이 떠나가라고 고함을

질렸다.

"네 이놈! 누구에게 그따위 말버릇이냐, 앙?"

덕호의 고함소리를 듣고 최 현령이 나왔다.

"웬 소란이냐?"

"여보게, 최 현령! 어디 이런 법이 있단 말인가. 아, 글쎄, 이방이 나에게 무례하게 굴지를 않겠는가!"

덕호는 친구인 최 현령을 보고 분에 겨운 목소리로 말했다. 그런데 이것은 또 웬 괴변인가! 최 현령은 그를 보고 조금도 반기질 않고 오히려 벼락같은 고함을 내질렀던 것이다.

"이놈! 일개 평민인 주제에 현령을 보고 그 말버릇이 뭐야, 앙? 무엄한 놈 같으니라고!"

"뭐, 뭐, 평민이라고 했나? 지금 자네가 나에게 수령을 운운했나?"

"그렇다, 이 괘씸하고 무엄한 놈아! 썩 물러가지 않으면 주리를 틀어놓고 말겠다."

뭐가 잘못 되어도 크게 잘못된 일이었다. 최 현령은 마땅히 무례한 이방을 호되게 꾸짖고 자기의 손을 잡으며 위로를 해줘야 할 상황이었다. 그런데 이게 어찌된 영문이란 말인가!

"이 사람아, 지금 자네 머리가 어찌된 것이 아닌가? 날세, 나! 자네의 친구 이덕호란 말일세. 자네와 나 사이에 언제부터 지체를 따졌단 말인가?"

너무도 뜻밖의 상황에 덕호는 최 현령이 짓궂은 장난을 하고 있는 것이 아닌가 하는 생각이 들었다. 그러나 장난을 하는 말치고는 지나치기 짝이 없었다.

"고약한 놈이로다! 너같이 천한 일개 평민이 본관을 능멸하려 들다니, 여봐라! 저놈을 문 밖으로 썩 내치거라."

추상같은 호통이었다. 그 말이 떨어지기가 무섭게 포졸들이 우르르 몰려와서 이덕호의 뒷덜미를 인정사정없이 잡고 밖으로 끌어냈다.

"과, 광수! 네가 나를 어, 어떻게……. 이 더러운 놈아! 너를 친구로 생각했던 내가 미친놈이었다!"

덕호는 포졸들에게 끌려 나가면서 악을 바락바락 썼다.

"으하하하, 으하하하……."

최 현령은 끌려 나가는 그의 등에다 통쾌한 웃음을 퍼부었다. 그러나 그의 웃음소리와는 딴판으로 두 눈에는 굵은 이슬이 맺혀 곧 뺨을 타고 흘러내릴 것만 같았다.

"빠드득……."

절친한 친구 광수에게 더할 나위 없는 수모를 당한 덕호는 이를 갈며 울분을 참았다.

"열길 물속은 알아도 한 길 사람 속은 모른다더니……. 그 놈이 나를 그토록 괄시를 했어. 세상에 그토록 심한 모욕을 주다니, 어디 두고 보자 이놈!"

터벅터벅 집으로 발길을 옮기는 덕호의 마음은 천 갈래 만 갈래 찢어지는 것 같았다. 그의 눈에는 주먹만큼이나 큰 이슬이 맺혔다가 흘러내리며 눈앞을 가렸다. 뺨을 타고 흐르는 눈물을 손등으로 마구 문지르며 집으로 돌아왔다.

어떻게 집으로 돌아왔는지도 모를 정도였다. 끓어오르는 울분과 쏟아지는 눈물로 마음을 주체할 수 없어 흡사 만취한 사람처럼 이리 비틀 저리 비틀 하면서 돌아왔기 때문이었다. 빨래를 하고 있다가 남편이 돌아오는 것을 본 아내는 이맛살을 찌푸렸다. 비틀거리는 걸음걸이, 불쾌한 얼굴을 보고 또 술에 취했구나 하고 생각했던 것이다. 방으로 들어간 덕호는 목을 놓아 통곡했다.

"으, 으흐흑……."

새끼를 잃은 짐승처럼 그렇게 울었다. 주먹으로 방바닥을 사정없이 내리치면서 울었다.

'아니, 저 양반이…….'

남편이 구들장을 치며 통곡하는 것을 밖에서 듣고 있던 아내는 심상치 않은 기운을 느꼈다. 한참 동안이나 울부짖던 남편의 울음이 흐느낌으로 변했을 때 아내는 방문을 열었다. 남편의 얼굴은 눈물로 뒤범벅이 되어 있었다. 얼마나 울었던지 눈이 퉁퉁 부어 있었다. 또한 얼마나 방바닥을 내리쳤는지 주먹이 깨져 피가 흐르고 있었다.

"여보, 대체 무슨 일 때문에 그러시는 겁니까?"

"당신은 알 바 아니오!"

덕호의 눈빛은 무섭게 빛나고 있었다. 입을 꽉 다물고 있는 것은 무엇인가 대단한 결심을 한 것이 분명했다.

"음, 그렇다! 이놈, 어디 두고 보자!"

덕호는 이렇게 소리치며 갑자기 벌떡 일어섰다. 그리고 아내에게 냉정하게 말했다.

"원행(遠行)을 해야겠으니 지금 당장 채비를 해주오."

"예? 별안간 어디로 가신단 말씀입니까?"

뜻하지 않은 남편의 행동과 말에 아내는 적이 놀라고 있었다.

"한 일 년 동안 나가 있어야겠소."

"예에? 아니, 느닷없이……."

아내는 입을 벌리고 다물 줄을 몰랐다. 그러자 남편이 비정한 목소리로 오늘의 수모를 낱낱이 들려줬다.

"대장부가 이런 수모를 당하고 어찌 참을 수가 있겠소. 이 길로 산에 들어가 공부에 전념할 작정이니 가사를 부탁하오."

아내는 그제야 모든 사실을 알았다. 남편의 설움이

고스란히 자기에게 전달되어 눈시울이 뜨거워졌다. 그러나 이를 악물고 눈물을 참으며 남편의 길 떠날 채비를 꾸렸다.

"미안하오. 곤궁한 가사를 당신에게 맡기고 떠나게 되어 염치가 없소. 그러나 과거에 급제하기 전에는 고향 땅을 밟지 않겠소!"

방문을 나서면서 남편은 그렇게 말했다. 목소리에 굳은 결심이 들어 있었다. 아내는 말없이 남편의 얼굴을 빤히 바라다보았다. 예전에 보던 얼굴과는 사뭇 달랐다. 늘 흐리멍덩했던 눈빛이 이제는 번쩍번쩍 빛났다. 항상 이가 들여다보일 정도로 벌어져 있던 입술은 야무지게 한일자를 이루고 있었다.

'옳다! 이제야 모진 결심을 하셨구나. 내가 남편의 결심을 막을 수는 없다.'

아내는 이런 생각을 하고 힘 있게 고개를 끄덕였다. 연약한 모습을 보이면 남편의 결심이 흔들릴까봐 애써 표정을 단속했다.

"염려 마십시오. 제 힘으로 가정을 지킬 터이니 걱정

일랑 조금도 하지 마십시오. 부디 당신께서는 학문에만 전심전력 하여 큰 뜻을 이루십시오."

"고맙소!"

덕호는 이렇게 작별하고 집을 떠났다. 그로부터 사흘이 지난 후였다. 서산에 저녁노을이 붉게 물들 무렵에 이방이 찾아왔다. 뜻밖이었다. 부인은 냉정하게 말했다.

"무슨 일인지는 모르지만, 주인은 지금 출타 중입니다. 그러니 돌아가십시오."

"알고 있습니다."

이방은 상자를 싼 큼직한 보자기를 부인에게 내밀면서 말을 이었다.

"사또께서 부인께 이것을 전해 드리라고 해서 왔습니다."

"사또께서요? 그것은 뭡니까?"

"나도 모릅니다. 전해 드렸으니 이만 가보겠습니다."

이방이 물러간 후, 부인은 보자기를 풀고 상자를 열었다. 거기에는 상당한 돈과 한 장의 편지가 들어 있었다. 영문을 몰라 어리둥절하고 있던 부인은 급히 편지를 펼

쳤다.

　부인 읽어 보십시오.

　친구 덕호가 굳은 결심을 하고 떠났음을 확인하고 이 글을 부
인께 드립니다. 부인께서도 잘 아시다피시 그 친구와 나는 생사고
락을 함께 하기로 맹세한 막역지우입니다. 그런데 나는 일전에 친
구에게 무척이나 심한 수모를 안겨 주었습니다. 이러한 사실을 부
인도 잘 아시리라 믿습니다.

　그것에 대하여 친구와 부인께서는 이를 갈며 원망하셨을 겁니
다. 그러나 부인, 어찌 내가 진심에서 친구를 박대하겠습니까? 나
는 친구가 번번이 과거에 낙방하는 것이 누구보다도 가슴이 아팠
습니다. 그래서 나는 시간을 두고 진정으로 친구를 돕는 방법을
곰곰이 생각했습니다.

　물질적인 도움을 줌으로써 친구는 더욱 나태해 졌고, 학문을
도외시하게 되었다고 판단했기 때문입니다. 그래서 나는 친구를
분발시키려는 마음에서 의도적으로 그에게 심한 모욕을 주었던
것입니다. 계획대로 친구는 나에게 원한을 품고 글공부를 하기 위
해 집을 떠났습니다. 그 친구는 틀림없이 금의환향할 것입니다.
그때까지 여기에 보내는 재물로 가사를 꾸려 가시기를 바랍니다.

　현령 최광수가 보낸 편지를 든 부인의 두 손이 바르

르 떨렸다. 두 눈에는 뿌연 안개가 끼는가 싶더니 곧 이
슬로 변했다.

"아아! 이토록 깊은 뜻이 있는 줄도 모르고……."

부인은 소리 없는 눈물을 하염없이 쏟았다. 잠시나마
현령을 원망했던 잘못을 뉘우쳤다. 그리고 남자들의 깊
고도 뜨거운 우정을 마냥 부러워했다.

무심한 세월이 강물처럼 흘렀다. 봄이 가고 여름이
오고, 가을이 가고 겨울이 오고, 또 꽃피는 봄이 왔다.
덕호는 초라한 차림으로 성균관(成均館) 뜰에 지그시 눈
을 감고 앉아 있었다. 그의 전후좌우에도 수많은 선비들
이 엄숙한 표정으로 앉아 있었다. 그들은 지금 무엇인가
를 기다리고 있었다. 명륜당(明倫堂) 마루 위에는 상감께
서 친림하시어 선비들을 내려다보고 계셨다.

숨이 막히는 듯, 침묵이 한참 동안이나 흘렀다. 이때
누군가가 선비들 앞에 나섰다. 그는 목청을 가다듬고,

"장원 이덕호!"

하고 소리쳤다. 그 소리와 동시에 삼현육각(三絃六角)
의 주악이 청아하게 울리기 시작했다. 마침내 이덕호는

과거에 장원을 한 것이다. 그는 인파의 물결을 헤치고, 수많은 선비들의 부러운 시선을 한 몸에 받으면서 천천히 당상으로 올라갔다.

기쁨의 눈물이 북받쳐 오르는 것을 이를 악물고 참았다. 덕호는 어사화를 머리에 꽂고 상감이 친히 따라주시는 어사 주를 마셨다. 그리고 상감으로부터 축하의 말씀과 간곡한 분부를 들었다.

그로부터 며칠 후, 덕호는 폐의파립(敝衣破笠)의 초라한 차림으로 길을 걷고 있었다. 비록 행색은 초라하기 그지없었지만 발걸음은 한없이 당당했다. 그의 품속에는 엄청난 위력을 가진 마패(馬牌)가 감춰져 있었다. 방백(方伯), 수령(守令)이 벌벌 떠는 어사의 행각이었다.

서울을 떠나 남쪽으로 발걸음을 옮기고 있는 그의 가슴은 실로 감개가 무량했다. 집을 떠난 뒤 오늘까지 얼마나 많이 이를 악물었던가! 덕호의 뇌리에는 과거의 여러 가지 일들이 주마등처럼 스치고 있었다. 집을 떠나오던 날 자신에게 갖은 수모를 줬던 광수의 얼굴이 떠올랐다. 그 얼굴이 떠오르자 치가 떨렸다.

'죽일 놈! 두고 봐라, 신의를 저버린 배신자. 그때 받은 수모를 백배 천배로 갚아 주겠다.'

덕호는 분노에 몸을 떨며 마패를 어루만졌다. 복수의 일념이 온몸을 지배하고 있었다. 한편 덕호의 부인은 요 며칠 동안 이상한 꿈만 자꾸 꾸었다. 남편의 얼굴이 자꾸만 꿈에 보이는 것이었다. 꿈속에서의 남편은 사인교에 높이 앉아 있었다. 금의환향하는 꿈이 며칠째 계속되는 것이었다.

"이상하기도 해라. 남편이 과거에 급제라도 했단 말인가!"

부인은 밖에서 부스럭거리는 소리만 나도 문을 열고 밖을 살폈다. 꼭 남편이 돌아올 것만 같은 예감 때문이었다. 그러던 어느 날의 늦은 밤이었다. 이날도 부인은 종일 무슨 소식이 있을까 하고 눈이 빠지도록 기다리다가 잠자리에 들었다. 웬일인지 잠이 오지 않았다. 이때 밖에서,

"으흠!"

하고 나지막한 기침소리가 났다. 몹시 귀에 익은 기

침소리였다. 오매불망 기다리던 남편의 인기척이었다. 부인은 설레는 가슴을 안고 버선발로 뛰어 나갔다. 문밖에는 그렇게도 기다리던 남편이 우뚝 서 있었다. 그런데 그 모습이 너무 초라했다. 꿈에서 보았던 화려한 모습과는 정반대였다.

"여보, 그동안 얼마나 고생이 많았소?"

덕호는 떨리는 목소리로 입을 열었다.

"⋯⋯."

아내는 대답을 잃고 남편의 행색만을 위로 아래로 살펴보고 있을 뿐이었다.

"하하⋯⋯. 내가 상거지 꼴로 나타나서 실망이 크셨나보구려 부인."

"아, 아닙니다."

부인은 고개를 저으며 가볍게 미소를 지었다.

"어서 방으로 들어가십시오. 시장하실 텐데 곧 저녁을 지어 올리겠습니다."

방으로 들어간 덕호는 편안한 마음으로 지친 다리를 쭉 펴고 쉬었다. 방안은 말끔하게 정돈되어 있었고, 살림살이도 그리 궁색해 보이지 않았다. 이윽고 밥상이 들어왔다. 언제 그렇게 준비했는지는 모르지만, 맛있는 음식이 상에 가득했다.

"허, 나는 당신이 굶어 죽지나 않았을까 걱정을 했는데, 상을 보니 괜한 걱정을 했나 보오."

덕호는 농담 반 진담 반의 말을 하고 맛있게 음식을 먹었다. 아내의 정성이 담겨진 음식은 입에 딱딱 맞았다. 저녁상을 물리고 두 부부는 쌓인 회포를 풀었다.

"급제를 하지 않으시면 죽어도 고향 땅을 밟지 않는다 하시더니……."

이런저런 이야기 도중에 부인은 은근히 남편을 질책했다. 그러나 남편은 빙그레 웃고만 있었다.

"당신은 웃음이 나오십니까?"

부인이 이렇게 말하며 곱게 눈을 흘렸다. 남편은 말없이 품속에 손을 넣어 무엇인가를 꺼내어 부인의 손에 쥐어 주었다.

"아, 아니! 이것은……."

그것을 확인한 부인은 눈을 커다랗게 뜨고 남편의 얼

굴을 보았다.

"장원 급제를 하셨군요!"

"그렇소."

그 순간 부인의 눈에서는 뜨거운 눈물이 하염없이 흘러내리기 시작했다. 부부는 기쁨에 젖어 어찌할 바를 모르고 한참 동안이나 서로의 얼굴만을 바라보고 있었다. 시간이 흘렀을 때, 덕호가 굳은 표정을 하고 입을 열었다.

"마침내 우리의 소원은 이루어졌소. 이제는 최 현령에게 복수하는 일만 남았을 뿐이오."

"네에? 복수라고요?"

부인은 눈을 휘둥그레 뜨고 남편을 보았다.

"아니 왜 그렇게 놀라시오? 당신은 내가 그놈에게 수모를 당한 것을 벌써 잊었단 말이오?"

부인을 손을 내저으며 급히 말했다.

"그것은 천부당만부당한 말씀입니다."

"뭐? 천부당만부당 하다고?"

"그렇습니다. 당신이 이렇게 장원 급제의 영광을 얻

은 것도 따지고 보면 현령 어르신의 덕분입니다."

침착한 어조로 말을 하는 부인의 눈에 다시 눈물이 고였다. 그런 모습을 지켜보고 있던 덕호는 영문을 모르겠다는 표정을 지으며,

"그게 무슨 소리요?"

하고 물었다. 그러자 부인은 장롱 속에 보관한 서신을 꺼내어 남편에게 주었다.

"이 서신을 읽어 보십시오."

"그게 뭐요?"

"읽어 보면 아실 것입니다."

그 편지를 읽어 내려가는 덕호의 표정은 한없이 놀라고 있었다. 눈은 점점 커지고, 입은 절로 벌어졌다. 그러다가 탄성과 함께 눈물보가 터졌다.

"아니, 이럴 수가……."

글자를 읽을 수가 없을 정도로 눈물이 앞을 가렸다. 그 눈물은 흡사 소나기처럼 마구 쏟아져 서신을 적셨다. 작은 소리로 오열하던 울음은 마침내 대성통곡으로 변했다.

"으흐흑……. 광수, 그대의 우정이 이다지도 크고 깊었더란 말인가! 그런 줄도 모르고 나는 그대를 죽일 듯이 원망하고 증오했었다니……."

덕호는 벌떡 자리를 박차고 일어나 냅다 밖으로 뛰었다. 그 길로 단숨에 관아까지 달려간 것이었다.

"멈춰라!"

수문장이 그의 앞길을 막아섰다. 그러자 덕호는 눈알을 무섭게 부라리며 마패를 내밀었다.

"썩 비켜라!"

마패를 본 수문장은 황망히 비켜서며 사시나무처럼 몸을 떨었다. 덕호는 재빨리 내아(內衙)로 가서 소리쳤다.

"최 현령, 내가 왔네!"

현령 최광수는 귀에 익은 친구의 목소리를 듣고 벌떡 일어나 문을 열었다. 거기에는 초라한 행색의 덕호가 눈물을 흘리면서 서 있었다.

"아니, 자넨……."

최 현령은 반가워서 덕호의 손을 잡았다. 이때 수문

장이 뛰어 들어오며 외쳤다.

"사또, 어사또께서 출어하셨습니다!"

"어사또?"

"그, 그렇습니다. 바로 저 어르신이⋯⋯."

수문장의 말을 들은 최 현령은 덕호를 보며 눈을 크게 떴다. 그러자 덕호는 최 현령의 눈앞에 마패를 내밀며 빙그레 웃었다.

"그렇다네. 자네의 우정에 힘입어 이렇게 되었네."

"나는 오늘에서야 자네의 참된 우정을 알았네."

"장하네, 친구! 정말 보고 싶었네. 자네가 이런 모습으로 돌아오기만을 손꼽아 기다렸네."

두 사람은 서로 말끝을 맺지 못하고 뜨겁게 포옹했다.

독일의 의사이자 작가였던 한스 카로사는 '인생은 만남'이라고 했다. 세상에 친구처럼 중요한 관계, 소중한 만남도 드물다. 행복의 먼동이 틀 때야말로 불행했을 때의 좋은 벗을 잊어서는 안 된다.

제3장
지도자의 길

판서를 깨우친 청렴한 서리

김수팽(金壽彭)은 영조(英祖)때 사람인데, 활달하고 절개가 대단했다. 아무리 자신에게 이익이 될지라도 그것이 옳은 일이 아니면 뜬구름처럼 여겼다. 그는 호조(戶曹)의 서리(書吏)로 있었는데, 그 천성이 청렴결백하여 좁쌀 한 톨도 사사로이 쓰는 일이 없었다. 그의 아우는 혜국(惠局)의 관리로 있었다.

어느 날, 수팽이 아우의 집에 갔더니, 뜰에 항아리가 죽 놓여 있고, 항아리마다 염색하는 즙(汁)이 찰랑거리고 있었다. 그것을 본 수팽의 안색이 크게 변했다.

"도대체 이것이 무엇에 쓰는 물감이냐?"

형의 강직한 성격을 누구보다도 잘 알고 있는 아우가 조심스럽게 입을 열었다.

"예, 형님. 집안 살림에 보탬이 될까 해서 제 처가 염색하는 일을 하고 있습니다."

"뭐, 제수씨가 염색하는 일을 한다고?"

수팽의 차가운 말에 아우는 더듬거렸다.

"그, 그렇습니다."

"이 고얀 놈아!"

수팽은 불같이 화를 내며 아우를 꾸짖었다.

"우리 형제가 모두 나라의 녹을 받아 생계에는 지장이 없다. 그런데 관리의 집에서 이따위 영업을 하면, 우리보다 더 곤궁한 사람들은 무엇을 해먹고 살라고 이런단 말이냐?"

이렇게 꾸짖은 수팽은 즉시 모든 항아리를 뒤엎어 버렸다. 그러자 붉고 푸른 물감들이 온통 마당에서 수채로 철철 흘러내렸다.

"다시는 이따위 짓을 하지 말라! 알았느냐?"

"예, 형님."

이런 일이 있고부터 수팽의 아우도 부업(副業)에 마음을 빼앗기지 않고, 관리로서의 청빈함을 지켰다.

하루는 수팽이 공문서의 결재를 받으려고 판서(判書)의 집에 가서 서명(署名)하기를 청했다. 그러나 판서는 손님과 더불어 바둑에 열중해 있었다.

"나리, 먼저 결재부터 해주십시오."

"아, 알았네."

수팽이 거듭 청했지만 판서는 알았다고 하면서도, 여전히 바둑만 계속 두고 있었다.

'음……'

한참을 기다리고 있던 수팽의 미간이 꿈틀했다. 다음 순간 그는 재빨리 사랑마루로 뛰어올라가 손으로 바둑판을 마구 휘저어 버렸다.

"허……."

"허……."

엉겁결에 당하는 일이라 판서와 손님은 약속이나 한 듯이 눈을 크게 뜨고 같은 소리를 토해내고만 있었다. 바둑판을 엉망으로 만들어 버린 수팽은 다시 뜰 아래로 내려와 힘 있는 소리로 말했다.

"소인이 지금 나리 앞에 죽을죄를 지었습니다. 하지만 이것은 나라의 일이니 늦출 수 없습니다. 소인 대신 다른 사람을 채용해서 문서에 결재하시기 바랍니다."

수팽은 문서를 마루 위에 놓고 돌아서서 성큼성큼 밖으로 걸어 나갔다. 그제서야 판서는 그를 붙들고 사과하며 이렇게 말했다.

"허허, 이 사람아! 내가 결재를 속히 하지 않은 것은 과실이네. 그러나 자네도 바둑을 한 번 두어 보게. 한번 시작한 바둑에서 손을 뗀다는 것이 그렇게 쉬운 일은 아닐세."

이렇듯 수팽은 공사에 있어서 성격이 대쪽같았다.

한번은 임금이 환관(宦官)에게 명하여 탁지(度支)에 있는 돈 십만 냥을 가져오라고 했다. 어명이 내려진 때는 초저녁이었다. 마침 수팽이 대궐의 숙직을 하고 있었는데, 환관이 와서 어명을 전했다.

"어명이오! 어서 십만 냥을 꺼내 주시오."

"내 선에서 처리할 수 있는 문제가 아니다."

수팽은 당당히 거부했다.

"어명을 거역할 셈이오?"

환관이 눈을 부라리며 엄포를 놓았다.

"아무리 어명이라도 호조판서의 결재 없이는 내줄 수
가 없다. 내가 판서대감의 재가를 맡아올 때까지 기다려
라."

수팽은 그 길로 판서의 집으로 달려가서 결재를 맡아
온 후에 돈을 내주었다. 이때는 이미 날이 훤히 밝은 뒤
였다. 임금은 환관을 통해서 이 말을 전해 듣고, 수팽의
처사를 가상히 여겼다.

호조의 탁지에는 바둑처럼 만들어 놓은 은(銀)을 많이
저장해 두었다. 이 은덩이는 봉부동(封不動)이라 하여 수
백 년 동안 전해져 내려온 것인데, 어떠한 일이 있어도
손을 대지 않았다. 새로 부임한 모(某)판서가 그것을 보
고 한참 동안 만지작거리다가,

앙증맞군. 내 딸년의 패물을 하나 만들어 주면……."

하고 중얼거리면서 몇 개를 집어냈다. 곁에서 그것을
지켜보고 있던 수팽은 판서보다 더 많은 은을 집어내며

이렇게 말했다.

"소신은 대감보다 딸이 많습니다. 무려 다섯이나 되니 좀 많이 가져가야 하겠습니다."

"허……."

판서는 무안하여 집었던 은덩이를 도로 놓았다. 그러자 수팽도 집었던 은덩이를 놓고 궤의 열쇠를 잠갔다. 이렇듯 수팽은 평생토록 청렴결백을 잃지 않고 살았다.

윗물이 맑아야 아랫물이 맑다는 말은 진리에 가깝다. 세상에는 흔히 벼슬이 높은 자가 부정한 짓을 하면서, 밑에 있는 사람에게는 부정한 짓을 하지 말라고 경계한다. 이는 큰 도둑이 작은 도둑을 나무라는 격이 아닌가!

슬픈 일이지만, 윗물이 맑지 않을 때는 아랫물이라도 스스로 정화하는 노력이 있어야 한다. 그래야 부정과 부패의 연쇄반응이 생기지 않는다. 윗사람의 그릇된 점을 날카롭게 지적하여 개선시키는 김수팽의 용기와 기절(氣節)은, 공직자의 귀감(龜鑑)이 아닐 수 없다.

청백리의 집안 단속

우리 역사에 청백리는 적지 않다. 그중에서도 세종 때의 명재상 황희(黃喜)의 행적은 독보적이라고 말할 수 있다. 육조(六曹)의 판서를 두루 역임하면서 많은 업적을 남긴 황희는 세종 13년(1431), 일인지하 만인지상의 영의정에 올라 무려 18년 동안이나 봉직했다.

세종과 황희 정승의 만남은 곧 하늘과 땅, 비와 흙의 만남과 같았다. 세종이 하늘에서 비를 뿌리면 황희는 땅에서 싹을 트게 하고 자라게 하는 역할을 충실히 했다. 그리하여 세종 치하의 눈부신 태평성세를 이룩하는데 밑거름이 된 것이다. 황희가 영의정으로 봉직 당시 아들 치신(致身)이 호조판서의 자리에 올랐다. 치신은 당시 좌의정으로 있던 김 정승의 딸과 혼인했다. 김 부인은 빼어난 미모에 지성을 겸비한 요조숙녀였기 때문에 치신의 마음에 쏙 들었다.

그 당시의 혼례 법은 이러했다. 여자가 시집와서 삼일 째 되는 날 신부는 아침 일찍 시부모께 큰절을 올리고 이런 맹세를 했다.

"아내 된 도리를 다하여 칠거지악(七去之惡)을 지킬 것을 맹세하옵니다. 귀밑머리가 파뿌리가 되도록 부모님께 효도하고, 남편 공경을 잘하며, 자식에게는 현모가 되겠습니다. 또한 동기간에 우애 있게 하고, 어른을 존경하며, 가문을 욕되게 하는 일이 없도록 하겠습니다."

신부의 이런 맹세가 끝난 후에 신랑은 처가에 재행(再行)하여 이렇게 아뢴다.

"따님을 낳고 곱게 기르시어 이 사람의 배필로 주셔서 감사하옵니다. 일평생 어김없이 행복을 누리고 잘 살겠습니다."

이런 절차가 끝나야 완전한 부부로 인정을 받았다.

며느리 김 부인의 맹세를 받은 황희 정승은 무슨 일인지 아들의 재행을 허락하지 않았다.

"애, 아가야!"

시아버지의 점잖으신 부름에 김 부인은 공손히 대답했다.

"예, 아버님."

"너 지금 나가서 오곡밥 좀 지어 오너라."

실로 엉뚱한 분부였다.

"예, 곧 지어 올리겠습니다."

김 부인은 대답을 하고 부엌으로 나왔지만, 하늘이 캄캄했다. 당시에는 밥 짓고 빨래하는 것은 여자의 본분이었다. 그러나 귀한 집에서 자란 김 부인은 하인들이 해 주는 밥을 먹었지, 직접 밥을 지어본 일이 없었다.

'어떡하지……'

김 부인은 조바심에 발을 동동거렸다. 또 새색시가 밥도 짓지 못한다는 소문이 날까 두려워서 하인에게 묻지도 못했다.

'어떻게 되겠지.'

없는 용기를 내어 쌀, 보리, 수수, 콩, 팥을 물에 씻어 솥에다 집어넣고 물을 부었다.

'물은 이만큼 붓는 것이 맞는 걸까?

모든 것이 처음 해보는 일이라서 서툴고, 또 답답하기가 짝이 없었다. 괜스레 울고 싶어졌다. 친정집 하녀가 그렇게 그리울 수가 없었다.

'이런 일을 당할 줄 알았으면…….'

'살림을 배워 둘 걸…….'

하고 후회를 하였지만 부질없는 후회였다. 불을 때면서도 불안했다.

불을 얼마나 때었을까? 뿜어져 나오는 김으로 솥뚜껑이 들썩거리더니 밥이 타는 냄새가 났다.

"애야 아직 멀었느냐?"

시어머니가 부엌으로 와서 넌지시 재촉했다.

"예, 어머니. 다 되었으니 곧 상을 올리겠습니다."

서둘러 상을 보아 밥상을 올렸다.

황정승은 밥상을 올리고 나가는 며느리의 수줍은 모습을 보다가 수저를 들었다. 한 술 떠서 입에 넣고 씹어

보니, 영 말이 아니었다. 쌀은 타고, 보리는 설익고, 콩과 팥은 **딱딱**하고, 수수는 떫어서 도무지 먹을 수 없었다. 밥상이 그대로 물려 나오는 것을 본 김 부인은 하늘이 노랗게 보였다.

'호된 꾸중을 하시겠지……'

이제나 저제나 마음을 졸이며 꾸중을 기다리고 있는데, 다행인지 불행인지 그런 일은 생기지 않았다.

다음날 아침, 황정승은 다시 며느리를 불렀다.

"부르셨습니까, 아버님!"

김 부인은 화끈 달아올라 감히 시아버지의 눈을 마주 보지 못하고 기어들어가는 소리를 냈다.

"그래, 불렀다. 오늘은 조복(朝服)을 지어라."

김 부인은 가슴이 철렁 내려앉는 것 같았다. 자기가 입는 치마저고리조차도 꿰맬 줄 모르는 주제에 조복을 짓는다는 것은 어림도 없는 일이었다. 그러나 누구의 분부라고 지을 줄 모른다고 하겠는가!

"예, 곧 지어 올리겠습니다."

간신히 대답은 하고 물러 나왔지만, 큰 걱정이 아닐

수 없었다. 옷감을 가져다가 하루 종일 끙끙거리며 주물
러댔으나 옷감만 버렸다.

다음날 아침에 김 부인은 안절부절 못하며 시아버지께 문안을 드렸다. 그러자 황정승은 근엄한 목소리로 사람을 불렀다.

"여봐라! 게 아무도 없느냐?"

"네이, 부르셨습니까?"

하인이 달려와 대답하자 황정승은 분부를 내렸다.

"오늘 당장 새아기를 과천에 데려다 주고 오너라."

이 말을 들은 김 부인은 하늘이 와르르 무너져 내리는듯 했다. 시집온 지 엿새 만에 밥을 못 짓고 바느질도 못한다고 소박을 맞은 것이다. 가마를 타고 친정으로 쫓겨 가는 김 부인의 마음은 이루 말할 수 없을 정도로 착잡하고 슬펐다.

'가문에 큰 죄를 짓고 부모님의 얼굴에 먹칠을 하였구나! 무슨 낯으로 부모님의 얼굴을 뵐까? 휴우…….'

나오는 것은 눈물과 한숨뿐이었다.

해질녘에 과천 친정에 도착했다. 황 정승 댁의 하인들은 김 부인을 대문 앞에 내려놓고 총총 사라져 버렸다.

'차라리 이대로 어디로 가서 죽어 버리는 것이⋯⋯.'

김 부인은 대문 앞을 서성거리면서 슬프고 우울한 생각을 했다.

"흑⋯⋯."

자신도 모르게 설움에 북받친 눈물이 터졌다.

'그래, 멀리 가서 죽자!'

비장한 결심을 하고 발걸음을 옮겼다. 그런데 농사일을 끝내고 돌아오는 하인의 눈에 띄었다.

"아니, 아씨께서 어인 일이십니까?"

그리하여 김 부인은 하는 수 없이 집으로 들어갔다. 마음은 천근만근이나 되는 듯이 무거웠다.

"대감마님, 아씨께서 오셨습니다."

"뭐?"

하인이 아뢰는 말에 김 정승은 즉시 사랑방 문을 열고 밖을 보았다. 보따리를 든 딸이 고개를 떨구고 서있었다.

'아니, 쟤가⋯⋯.'

김 정승은 밀려드는 불안감을 감추지 못하고 주위를

두리번거렸다. 사위의 모습은 보이지 않았다.

"네, 서방은……?"

한결 높아진 목청은 떨리고 있었다. 김 부인은 곧 쓰러질 것만 같은 몸을 애써 지탱하고 사랑으로 들어가서 큰절을 올렸다.

"아버님, 그간 기체후 일향 만강하셨습니까?"

문안을 여쭙는 김 부인의 눈에서는 열루(熱淚)가 주르륵 흘러내렸다.

"아니, 애야……."

사태의 심각성을 짐작한 김 정승의 얼굴은 몹시 어두워 졌다. 의당 재행을 와야 할 사위는 보이지 않고, 딸이 저런 꼴을 하고 온 것은 보통 일이 아니었다.

"대, 대체……. 무슨 일이냐?"

"흑흑……."

김 부인은 한참을 흐느끼며 울다가 아버지 앞에서 이실직고할 수밖에 없었다.

"뭐, 뭐라고?"

"밥을 못 짓고 바느질을 못한다고 소박을?"

김 정승은 분에 겨워 몸을 부르르 떨며 어쩔 줄을 몰랐다.

세월, 무심한 세월은 인간의 슬픔을 모른다. 세상에 무슨 일이 생겨도 모든 일을 훌쩍 과거로 만들어 버린다. 김 부인이 소박을 맞고 친정으로 돌아온 지도 어느덧 3년이 흘렀다.

화창한 어느 봄날 아침, 황정승은 아들 치신을 불렀다.

"아버님 부르셨습니까?"

"오냐, 너 오늘 과천 좀 다녀오너라."

"과천이요?"

"그래, 네 처가에 가보아라."

"무, 무슨 일로……."

"글쎄, 가보면 무슨 일이 있을 것이니라."

"예, 다녀오겠습니다."

치신은 과천을 향하여 말을 달렸다. 신혼 초엿새 만에 생이별을 한 아내의 모습이 눈에 삼삼하게 떠올랐다.

'어떻게 지내고 있을까?'

원망을 하고 있을 아내를 생각하니 아버지가 야속하게 생각되기도 했다. 그런데 3년이 지난 오늘에 와서야 별안간 가보라고 하시니, 영문을 몰라 얼떨떨했다.

"가보면 알겠지!"

치신은 잠시 말고삐를 늦추고 들판을 바라보았다. 때는 보릿가을이라 누렇게 익은 보리가 싱그러운 봄바람에 흔들거리고 있었다.

김 정승은 마침 감농(監農)차 고향에 내려와 있었다. 그런데 농사일을 도맡아 하던 상머슴 셋이 고향에 다니러간 후에 돌아오지 않아 낙종(落種)을 못하고 있었다.

"이놈들이 영영 금년 농사를 망칠 생각이란 말인가!"

김 정승의 얼굴에는 걱정스런 빛이 가득했다. 며칠 전 상머슴들의 고향으로 사람을 보냈지만, 워낙 먼 길이라 언제 올지 모르는 일이었다.

"대감마님!"

"무엇이냐?"

"대감마님께서 행차하셨습니다."

"대감? 어느 대감이더냐?"

"예, 호조판서 대감이옵니다."

"뭣이, 호판······?"

"그러하옵니다."

"허! 그 사람이 어쩐 일로······?"

김 정승은 사위가 찾아왔다는 말에 가슴이 뛰었다. 대궐에서 황 정승과 사위를 자주 만났지만, 애써 딸의 문제에 대해서는 서로가 함구하고 지내오던 터였다.

'이제야 데려 가려나?'

김 정승은 황 정승과 사위의 인품을 잘 알고 있었다. 언젠가는 딸을 다시 데려갈 것으로 믿고 있었는데, 사위의 이번 행차가 예사롭게 생각되지 않았다.

"절 받으십시오."

치신은 장인과 장모에게 큰절을 올렸다.

"이 사람아, 전갈도 없이 어인 행차인가?"

3년 만에 사위의 방문을 받은 장모는 기쁨을 감추지 못했다.

"시장할 텐데 잠시만 기다리시게."

장모는 손수 점심을 준비하기 위해 밖으로 나갔다.

"빙장님, 집안에 무슨 걱정이 있습니까?"

치신은 집안에 감도는 무거운 분위기를 감지하고 이렇게 물었다.

"말 말게, 금년 농사를 다 망쳤어."

"예, 그게 무슨 말씀이십니까?"

"씨 나락을 건져놓은 지가 벌써 한 달이 되었네. 볍씨가 다 말라 비틀어 졌는데도 아직 낙종을 못했으니 농사는 다 틀린 것이 아니겠는가?"

"왜 여태 낙종을 하지 않으셨습니까? 지금쯤은 모가 커서 곧 심을 때가 되었는데…….."

"그럴 만한 사정이 있었네."

김 정승은 이맛살을 찌푸리며 말을 이었다.

"해마다 우리 집 낙종을 도맡아서 하는 상머슴 세 놈이 고향에 다니러 가더니 아직 돌아오지 않았네."

"허어 참! 빙장님도 딱하십니다. 그 상머슴들이 아니고서는 이 동네에 상일꾼이 없다는 말씀입니까?

"아닐세, 예로부터 우리 집은 남의 손을 빌리면 폐농하는 관례가 있다네. 그래서 그놈들이 돌아오기를 기다리다가 때를 놓친 것이네."

"아무리 그래도……."

치신은 안타까운 마음에 말꼬리를 흐리다가 문득 떠오르는 생각이 있었다.

"빙장님, 그 일은 꼭 집안 식구가 해야 된다는 말씀입니까?"

"그렇다네. 그런데 내가 그것을 할 줄 알겠나, 자네 장모가 그것을 하겠나?"

"말씀을 듣고 보니 그렇군요. 그러나 지금이라도 서두르면 많이 늦지는 않았으니, 제가 한 번 해보겠습니다."

"뭐, 자네가?"

"예, 사위도 자식이 아니겠습니까?"

"그야 그렇지만……."

김 정승은 사위를 물끄러미 바라보았다. 희멀쑥한 모습으로 보아서, 또 그의 가문으로 보아서 농사일과는 거리가 멀게만 느껴졌다.

"빙장님, 걱정하지 마십시오. 제가 농사일은 조금 배

위서 알고 있습니다. 점심을 먹고 곧 시작하겠으니, 우선 소와 쟁기를 준비해 주십시오."

"허허, 귀한 집에서 자란 자네가 언제 농사일을 배웠단 말인가? 모를 일이로세."

"어쨌든 맡겨만 주십시오."

달게 점심을 먹은 치신은 옷을 사발잠방이로 갈아입고 마당으로 나섰다. 그렇게 옷을 입으니 훌륭한 일군처럼 보였다.

"허, 고놈의 소! 일 잘하게 생겼구나."

치신은 소의 잔등머리를 톡톡 치고 나서 지게를 졌다.

"논이 어디에 있습니까?"

하인이 앞장을 서고 치신이 뒤를 따랐다. 논은 집터에 딸려 있는 문전옥답이었다.

'저 사람이 과연 농사일을 해보았겠나?'

김 정승은 이렇게 생각하며 사위의 행동을 주시했다. 치신은 조금도 주저하지 않고 논으로 들어가 쟁기질을 했다.

"이랴, 이랴!"

소를 다루며 쟁기질하는 모습이 상머슴 이상이었다.

"영감, 황 서방이 언제 저렇게 농사일을 해봤을까요?"

"글쎄, 말이오."

김 정승 내외는 사위의 일하는 모습을 보고 넋을 놓고 바라보고 있었다.

쟁기질을 끝낸 사위는 쟁기에 보습을 달고 써레질을 하였다. 일손이 어찌나 빠르고 정확한지 하인들도 감탄을 금치 못했다.

"허, 정말 빈틈없는 사람이로다. 우리 딸이 황 정승 댁에서 쫓겨 난 이유를 이제야 알 것 같구려."

김 정승은 부인을 향해 이렇게 말했다. 정경부인도 느끼는 바가 있어 하염없이 고개를 끄덕였다. 치신은 일을 시작한지 불과 서너 시간 만에 완벽하게 일을 끝내고 논둑으로 나왔다.

"빙모님, 일꾼에게 막걸리 한 사발 안 주십니까? 모처럼 일을 했더니 목이 컬컬합니다."

얼이 빠져 있던 정경부인은 당황하여 입을 열었다.

"이 사람아! 판서 대감이 이런 곳에서 막걸리를 자신다는 것이 될 법이나 한 일인가? 어서 집으로 가세나. 내곧 주안상을 준비하겠네."

"아닙니다, 빙모님. 제가 지금 농부이지 대감입니까? 농부는 일하고 나서 목이 컬컬할 때 막걸리 한 사발 쭉 들이키는 것이 제격입니다. 그러니 한 사발만 주십시오."

치신은 논두렁에서 막걸리를 한 사발 들이켜고, 흐르는 개울물로 몸에 묻은 진흙을 깨끗이 씻었다. 집으로 돌아온 치신은 사발잠방이를 벗고 본래 입었던 옷으로 갈아입었다. 다시 대감의 품위가 흘러 넘쳤다.

'음, 비록 내 사위지만 참으로 멋진 대장부로다!'

김 정승은 자유자재로 행동하는 사위의 언행에 새삼 감탄하고 있었다. 그리고 자식을 그렇게 훌륭하게 교육시킨 황 정승을 생각하니, 부끄러운 마음을 금할 길이 없었다.

"그럼, 저는 이만 물러가 보겠습니다."

"아니, 이 사람아! 자네 처를 보지도 않고……."

장모가 화들짝 놀라 소리치자 치신은 겸연쩍게 말했다.

"제 아버지께서 아직 허락하지 않으셨습니다."

치신은 장인 장모에게 절을 올리고 밖으로 나와 훌쩍 말에 올라탔다. 한편, 김 부인은 안채에서 남편이 오기만을 학수고대하고 있었다. 3년을 하루같이 고대하고 기다리던 남편이었다. 정성을 다하여 곱게 단장했다. 시집 갈 때 입던 옷을 차려 입고 사랑의 동정에 신경을 곤두세우고 있었다. 그런데 남편은 자기의 얼굴도 보지 않고 돌아가 버린 것이었다. 그 가슴이야 오죽 하겠는가! 너무도 야속하여 가슴이 미어지는 것만 같았다.

"흐흑……."

나오는 것은 눈물뿐이었다.

부인을 보지 않고 집으로 돌아오는 치신의 마음도 편할 리는 없었다. 아버지가 무엇 때문에 처가에 다녀오라고 했는지도 알 수가 없었다. 그러나 처가의 망칠 뻔 한 농사일을 했다는 사실에 가슴은 뿌듯했다.

밤이 깊어서야 집에 도착한 치신은 아버지를 뵙고 인사를 드렸다.

"아버님, 다녀왔습니다."

"오냐, 수고했다. 그래, 논에서 막걸리 한 사발 마셨겠지?"

"예? 아버지께서 어떻게 그것을……."

치신은 깜짝 놀라 아버지를 보았다.

"하하, 피곤할 텐데 어서 가서 쉬어라."

밖으로 나온 치신은 연신 고개를 갸우뚱거렸다.

'아버지께서는 미리 그것을 아셨단 말씀인가?'

치신은 잠시 생각에 잠겨 있다가 고개를 저었다. 좌견천리 입견만리(左見千里 立見萬里), 앉아서 천 리를 보고, 서서 만 리를 본다는 말은 아버지를 두고 하는 말이라는 생각이 들었다.

다음날 이른 아침, 황정승은 심복 하인 박 서방을 불러 이렇게 분부를 내렸다.

"오늘 과천에 가서 아씨를 뫼시고 오너라."

한편 과천의 김 정승은 어제 사위가 다녀간 다음 무엇인가 마음에 짚이는 바가 있었다. 그래서 딸을 시댁으로 보낼 만발의 준비를 끝내고 소식을 기다리고 있었다. 아니나 다를까, 오후에 한양 황 정승 댁에서 사인교(四人轎)가 왔다. 아침부터 노심초사하고 있던 김 정승은 이날 밤 한양에서 온 교군들을 잘 대접하고, 딸을 불러 여러 가지 당부를 했다.

"네 시아버지와 서방은 틀림없는 사람들이다. 각별히 언행을 조심하고 처신을 지혜롭게 해야 한다. 알겠느냐?"

"예, 명심하겠습니다."

김 부인은 삼 년 동안 부덕(婦德)을 쌓는 일에 조금도 게을리 하지 않았다. 부엌일과 바느질은 철천지한이어서 눈을 감고 일을 할 수 있을 만큼이나 능숙하게 되었다.

'이번에는 또 무슨 일을 시키실까?'

가마를 타고 시댁으로 가면서 김 부인은 마음의 준비를 단단히 했다. 그리고 무슨 일을 시키더라도 자신이 있었다. 마침내 시댁에 도착했다. 초조한 마음으로 시부모 앞에 나아가 삼 년 만에 큰 절을 올렸다.

"아버님 어머님, 그간 기체후 일향 만강하셨사옵니까?"

"오냐, 네가 그동안 고생이 많았겠구나?"

자애로운 시아버지의 말에 김 부인은 가슴이 찡했다. 가볍게 고개를 저으며 말없이 처분을 기다렸다.

"……."

황 정승은 연 이틀에 걸쳐 삼 년 전과 똑같은 일을 시켰다. 김 부인은 조금도 주저하지 않고 그 일들을 척척 해냈다.

"하하, 가사에 조금도 빈틈이 없구나."

황 정승은 아들 내외를 불러놓고 이렇게 말했다.

"아가, 네가 지난 삼년 동안 나를 많이 원망했을 것이다. 너는 정승의 며느리요, 판서의 아내이다. 그러니 네가 아니더라도 밥 짓고 바느질 할 사람은 많이 있다. 그러나 잘 아는 주인 밑에서 일하는 사람의 자세와 잘 모르는 주인 밑에서 일하는 사람의 자세는 근본적으로 다른 법이다. 만일 네가 삼 년 전과 똑같이 아무것도 모르는 사람이라면, 네 남편과 나는 집안 걱정을 떨칠 수가 없을 것이 아니겠느냐?"

황 정승은 잠시 말을 끊었다가 다시 입을 열었다.

"나라의 일을 하는 사람이 집안 걱정을 해서야 무슨 일인들 제대로 할 수 있겠느냐? 이제는 네가 집안일을 잘 맡아주게 되었으니, 나와 네 남편은 아무 걱정 없이 국사에 전념할 수 있게 되었다. 이것이 바로 수신제가 치국평천하의 근본이다. 아가야, 이제 내 마음을 알겠느냐?"

"예, 아버님. 너무 지당하신 교훈이십니다."

황희 정승은 이렇듯 집안을 잘 다스리는 일에 신경을 썼다. 사실 인간의 감정은 몹시 섬세한 것이어서, 무엇이 편하지 않으면 다른 일에도 영향을 받기 마련이다.

집안일이 복잡하면 밖에서 하는 일에 전력투구할 수 없고, 바깥일이 순탄하지 못하면 집안마저 먹구름에 휩싸이기 쉬운 것이다. 그래서 옛 사람들은 수신제가 치국평천하를 무엇보다 강조했다. 자기 집안도 건사하지 못한 사람이 어떻게 국사를 잘 처리할 수 있겠는가?

🌼 사람을 볼 때는 마땅히 그 집안을 먼저 보라. 집안이 순탄하지 못한 사람은, '반드시' 라고 할 만큼 그 사람 자신에게도 문제가 있다.

우산 정승

유관(柳寬)은 세종 때 우의정을 지낸 사람으로 청백리(淸白吏)에 녹선(錄選)된 명신(名臣)으로 호는 하정(夏亭)이다. 동대문구 신설동과 성북구 보문동에 걸쳐있는 타원형 지역은 현재 번화한 거리로 변모했지만, 조선시대에는 우산각골(雨傘閣里)이라고 부르는 한적한 마을이었다.

세종 6년(1424)에 우의정에 오른 유관이 이 마을에 살았다. 그는 일찍이 고려 말부터 벼슬살이를 하였지만, 워낙 청렴결백한 사람이었고, 또 어려운 사람을 보고 그냥 지나치지를 못하여 항상 가난했다. 유관의 집은 동대문 밖에 있었는데, 울타리도 없는 삼간초가였다. 일국의

정승이 그런 집에서 산다는 소문은 세종의 귀에까지 들어갔다.

"음……."

세종은 선공감(繕工監)을 불러 은밀히 분부를 내렸다.

"유 정승이 울타리조차 없는 오막살이를 하고 있다하니, 사정을 알아보고 오도록 하오."

어명을 받은 선공감은 즉시 대궐을 나와 동대문 밖에 있는 유관의 집으로 갔다. 과연 정승의 집치고는 너무 초라하고 허름했다. 지나가는 행인들도 안방까지 들여다볼 정도였다.

선공감은 자기가 본 그대로를 세종께 아뢰었다.

"그런 사람이 정승에 있는 것은 과인에게 홍복(洪福)이 아닐 수 없노라!"

세종은 크게 감탄하여 선공감에게 명을 내렸다.

"아무도 모르게 밤중에 가서 삿자리로나마 집을 둘러치도록 하라. 유 정승이 알게 해서는 안 되느니라."

"예, 분부대로 거행하겠습니다."

이렇게 해서 유관의 집에 갈대로 엮은 삿자리 울타리

가 생겼다. 그 후 세종은 알게 모르게 유관을 도와주었지만, 그는 불우한 사람을 위하여 아낌없이 다 썼다. 서거정의 『필원잡기(筆苑雜記)』에 이런 내용이 나온다.

어느 해 여름, 장마가 한 달이 넘도록 지루하게 계속되었다. 유정승의 허름한 초가는 오랫동안 이엉을 잇지 못해 지붕에서 물이 새어 방으로 줄줄 흘러내렸다. 유관은 우산을 쓰고 책을 읽고 있었고, 정경부인은 방에 찬물을 밖으로 퍼내고 있었다. 이때 유관은 부인을 향해 이렇게 말했다.

"우산이 없는 사람들은 이 빗속에서 어떻게 지내겠소?"

부인은 이렇게 대답했다.

"우산이 없는 집은 다른 준비가 있겠지요."

이 말에 유관은 빙그레 웃었다. 이때부터 동네 사람들은 유관의 집을 우산각(雨傘閣)이라 불렀다. 또 이 동네에 우산각이 있다 해서 우산각리(雨傘閣里)라고 불렀는데, 훗날 우산각리의 음이 변해 우선동(禑仙洞)이 되었다고 한다.

유관은 청렴결백 하고 성실한 사람이었다. 벼슬살이를 하면서도 쉬는 날이면 밭에 나가 손수 김을 매고 농사일을 하였다.

하루는 한 젊은 과객이 그곳을 지나가다 유관을 보았다. 과객이 보기에는 유관이 꼭 늙은 농군으로밖에 보이지 않았을 것이다.

"여보시오, 노인장! 먼 길을 왔더니 몹시 목이 마르오. 물 좀 얻어 마실 수 없겠소?"

우물은 마을로 돌아가야 있었고, 유관은 따로 준비한 물이 없었다. 그래서 유관은 마을로 가야 물을 마실 수 있다고 정중하게 일러주었다.

"그러니까 이렇게 부탁하는 것이 아니오."

젊은이는 거만하게 계속 말을 이었다.

"영감이 물을 좀 떠다 주시오. 내가 수고비는 주리다."

유관은 젊은이의 얼굴을 유심히 보았다. 희멀쑥한 얼굴에 키가 늘씬한 그는 어느 부잣집 아들로 보였는데, 사람을 대하는 태도하며 말투에 버릇이 없었다.

"허허, 조금만 더 가면 마을이 있다오. 그러니 피곤하더라도 좀 더 걸으시오."

유관은 이렇게 말하고 김매기를 계속했다.

"쳇! 영감태기가 배가 불렀군. 돈을 준다는데……."

젊은이는 이렇게 투덜거리면서 침을 뱉었다.

'뉘집 자식인지 모르지만 버릇이 너무 없군, 쯧쯧…….'

유관은 속으로 이렇게 생각하며 다시 젊은이의 얼굴을 보았다. 그러자 젊은이는 뚱한 표정으로 인사도 하지 않고 걸음을 옮겼다. 그로부터 며칠 후, 유관은 다른 정승들과 함께 호조판서의 잔치에 귀빈으로 참석했다.

"제 자식 놈 입니다."

한 젊은이가 절을 올렸다. 그런데 그는 며칠 전 물을 청했던 그 젊은이가 아닌가! 호판의 아들은 전혀 유관을 알아보지 못했다. 밭에서 김매기를 하던 노인을 누가 일국의 정승이라 할 수 있겠는가!

"여보게, 이 늙은이가 목이 마른데 물 좀 얻어 마실 수 있겠는가? 내가 수고비는 주겠네."

유관은 짐짓 모른 체 하며 점잖게 말했다. 이 말에 호판의 아들은 깜짝 놀라며 안색이 크게 변했다.

"소인이 지체 높으신 어르신을 몰라 뵙고 죽을죄를 지었습니다."

호판의 아들은 백배 사죄하며 용서를 빌었다.

유관은 정승의 반열에 올랐어도 제자들을 가르치는 데 게을리 하지 않았다. 때문에 배우러 오는 사람들이 많았는데, 언제나 찾아오는 사람의 이름을 묻지 않았다. 그것은 누구나 차별 없이 대해 주기 위해서였다. 그의 청렴하고 고결한 인품을 존경하는 사람들은 어떻게 해서든지 그를 도와주려고 했다. 그러나 그는 단호히 거절했다.

"친구 사이에 재물을 나눠 쓰는 것은 의리일세. 그러나 헐벗고 굶주리지도 않는 친구에게 재물을 주는 것은 옳지 않네. 그런 재물이 있으면 불우한 사람을 돕게나."

유관은 집에 찾아오는 손님에 대해서는 지위 고하를 막론하고 친절히 대했다. 가난하지만 항상 몇 사발의 막걸리를 대접했는데, 안주는 소금에 절인 콩이 전부였다.

그러나 손님 접대가 형편없다고 말하는 사람은 아무도 없었다.

유관의 이름은 원래 '너그러울 관(寬)'을 쓴 것이 아니라 '볼 관(觀)'을 썼다. 『임하필기(林下筆記)』에 그가 이름을 바꾼 까닭이 나와 있다.

그의 아들 유계문(柳季聞)은 태종 8년(1408)에 문과에 급제하여 벼슬길에 올라 세종 때 경기도 관찰사(觀察使)로 제수되었다. 그러자 계문은 관직 이름의 관(觀)자가 아버지의 이름과 같기 때문에 기휘(忌諱)관습에 따라 벼슬을 사퇴하려고 했다. 세종이 사퇴를 반려하자, 유관은 스스로 이름을 바꾸면서 이렇게 말했다.

"아비가 자식의 앞길을 막아서야 되겠는가!"

유계문도 아버지의 성품을 닮아 청렴했다.

그는 문장과 글씨가 뛰어나서 태종이 승하(昇遐)하자 왕명을 받아 『금자법화경(金字法華經)』을 썼다. 세종 15년(1433) 5월, 유관은 78세로 세상을 떠났는데, 세종은 그의 죽음을 애통하게 여겨 흰옷을 입은 다음 백관을 거느리고 울었다고 한다. 한 나라의 정승이 유관처럼 청렴결백한 생활을 끝까지 지킨 것은 그리 흔한 일이 아니다. 그래서 선조 때의 실학자 이수광은, 유 정승이 근근이 비를 가렸다는 고사(故事)를 널리 알리고, 그 유적과 정신을 후세에 기리기 위해 그 집터에 비우당(庇雨堂)을 지었다.

이 '비우정신(庇雨情神)'이야말로 조선시대 공직 사회에 청백한 기풍을 불어 넣었다고 할 수 있다.

사람은 스스로의 인생철학이 명확해야 한다. 철학이 없는 사람은 부정 불의와 타협하기 쉽고, 그로 인해 반드시 오명을 남기게 된다. 유관 정승의 깨끗한 삶이야말로 얼마나 멋지고 아름답고 향기로운가!

위대한 탄생

세계 역사에서 임금이 백성들을 위해 글자를 창제(創製)한 경우는 오직 조선 왕조의 세종대왕이 유일무이하다. 세종대왕! 그분은 더 이상 설명이 필요하지 않을 만큼 불세출의 성군(聖君)이다. 그러나 우리역사에 가장 자랑스러운 임금이 있게 한 일등 공신은 누구일까? 대왕의 두 형님, 곧 양녕대군과 효령대군이다.

조선 왕조 오백년 역사에서 가장 화끈하고 멋진 장부를 꼽으라면, 필자는 주저하지 않고 양녕대군과 효령대군을 꼽는다. 미련 없이 제왕의 자리를 버린 장부의 용단(勇斷), 그것은 참으로 아름답고 흐뭇한, 우리의 역사를 바꾸게 한 감동의 드라마였다. 역사에는 가정(假定)이 없다고 하지만, 만일 양녕대군의 탁월한 결단이 없었다면, 세종대왕과 같은 성군의 출현도 없었을 것이다.

세자로 책봉된 양녕대군은 보기 드문 왕재(王材)였다. 할아버지 태조 이성계의 용력(勇力)과 아버지 태종의 기상을 고스란히 물려받은 호남아였다. 게다가 문장과 필법에도 뛰어났고, 아량 또한 넓었다. 효성과 우애가 지극했던 양녕대군은 누구보다 형제들의 재능을 잘 알고 있었다. 동생인 효령대군과 충령대군의 성장과정을 눈여겨보면서, 그들이 보다 적합한 임금의 재목임을 항상 느끼고 있었다. 태종의 둘째 아들인 효령대군 역시 왕의 재목으로 손색이 없었다. 문무를 겸비한 수재(秀才)였으며, 어려서부터 남달리 총명함을 보였다.

그는 약관(弱冠)에 이를 무렵, 제자백가(諸子百家)를 두루 꿰뚫고 있었다. 부왕(父王) 태종이 즐겨 효령대군과 더불어 제자백가를 논했는데, 어느 것 하나 막힘이 없어 혀를 내두를 정도였다.

'그래도 둘째보다는 셋째가⋯⋯.'

양녕대군은 세 살 아래인 충녕대군에게 더 높은 점수를 주고 있었다. 셋째인 충령이 나라를 다스린다면, 요순(堯舜)을 능가하는 태평성대를 이룰 것이라는 믿음을 가지고 있었다. 그러나 이미 양녕대군은 지엄한 국법에 따라 세자로 책봉된 몸이었다. 보장된 임금의 자리를 양보하겠다는 결심을 내린 것도 엄청난 인간적 갈등과 결단을 요구하는 일이었지만, 세자를 바꾸는 일은 더욱 힘든 일이었다. 양녕대군의 주위를 맴돌며 때를 기다리는 사람들이 세자교체를 결사적으로 반대할 것은 불을 보듯 뻔한 일이었다.

'폐위를 당할 수밖에 없는 명분을 만들어야……'

이렇게 생각한 양녕대군은 궁리 끝에 비장한 결심을 하고, 마음속으로 쾌재를 질렀다.

'그렇다!'

양녕대군이 생각한 것은 스스로 미치광이가 되겠다는 것이었다. 양녕대군이 세자로 책봉된 후, 계성 군 이래(李來)가 빈객 겸 세자의 스승으로 동궁에 무상출입 하였다. 그는 고려조 공민왕 때 국권을 쥐고 흔들던 요승

신돈에게 미관말직으로 분연히 대들었던 이존오의 아들로서, 아버지 못지않게 강직한 선비였다.

'계성 군 이래의 강직한 성품을 활용하면⋯⋯.'

양녕대군은 자기의 계획에 이래를 끌어들일 것을 생각하고, 즉시 실행에 옮겼다. 이래가 강독을 하러 오자 양녕대군은 방석에 비스듬히 기대앉아서 미친 듯이 개 짖는 시늉을 하였다.

"멍멍! 멍멍멍멍⋯⋯."

"아니, 동궁마마!"

이래가 놀라는 것도 무리가 아니었다. 전날까지만 해도 의젓하기가 이를 데 없었던 세자의 행동이 너무 이상했던 것이다.

"대체 왜 이러시옵니까? 체통을⋯⋯."

"으르릉⋯⋯."

양녕대군은 무섭게 달려들어 그의 허벅지를 물었다.

"악!"

이래는 기겁을 하고 한 발짝 물러서며 비명을 질렀다.

"동궁마마! 제발 정신을 차리십시오."

양녕대군은 한참 동안이나 실실거리며 웃다가 문득 정색을 하고 입을 열었다.

"계성 군께서 언제 오셨소?"

"예?"

이래는 눈을 크게 뜨고 양녕대군의 얼굴을 보았다.

"왜 그렇게 보시오?"

"동궁마마, 대체 왜 이러시는 것이옵니까?"

"뭘?"

"혹시 어디 편치 않으십니까?"

"내가 아픈 것 같소?"

'이상하다!'

이래는 진의를 파악 할 수가 없어 며칠을 두고 양녕 대군의 언행을 유심히 살폈다. 그런데 날이 갈수록 그의 언행은 괴상망측하게 변해가고 있었다.

'음, 보통 일이 아니로다!'

이래는 태종을 배알하고 광태(狂態)를 낱낱이 아뢰었 다.

"뭐라고? 그게 사실이란 말인가?"

"그러하옵니다. 전하!"

태종은 깜짝 놀라 그 사실을 거듭거듭 확인했다.

"동궁마마가 이상하지?"

"그래, 실성한 사람 같아."

"혹시……. 미친 것은 아닐까?"

이런 소문이 나인들 사이에서도 공공연히 떠돌았다. 아무튼 양녕대군의 광태는 날이 갈수록 더하기만 하였다. 궁궐을 월장하여 장안의 기생집을 전전했다. 또 남의 집 반반한 소실까지 낚아내기도 하였다. 그러던 어느 하루, 누군가로부터 중추원부사(中樞院副使)곽정의 소실 어리(於里)가 천하절색이란 말을 들었다.

"흠……."

양녕대군은 춘방별감에게 명하여 어리를 데려오도록 했다.

"허, 고것 참 소문대로 미색이로구나!"

양녕대군은 주저하지 않고 어리와 잠자리를 같이 했다. 그리고 하룻밤을 보낸 다음 그녀의 미색에 완전히 도취되어 이런 노래까지 지었다.

사랑 사랑 내 사랑, 술과 어리 내 사랑
주야 장천 고운 님, 어화 어리 내 사랑

중추원부사는 종이품(從二品)의 벼슬로, 소위 끗발이 좋은 관리였다. 그런 벼슬아치의 소실을 강제로 빼앗아 왔으니, 문제가 안 생길 수가 없었다. 과연 얼마 후에 이 소문은 궁중에 파다하게 퍼졌다. 태종은 크게 진노했다. 그리하여 세자 폐위 문제가 수면으로 떠올랐다. 폐 세자 논의가 한창 열을 뿜을 무렵, 태종의 둘째 아들 효령대군은 속으로 생각했다.

'형님께서 폐 세자가 된다면…….'

당연히 세자 자리는 자신에게 돌아온다고 생각했다. 그러던 어느 날, 송도로 추방되었다가 다시 한양으로 돌아온 양녕대군이 슬며시 찾아왔다.

"아니 형님께서 어인 일이십니까?"

"하하……. 아우님께선 여전히 책 속에 파묻혀 지내시는구려. 한데 그렇게 공부를 해서 무엇을 하시려고 그러는가?"

"예?"

효령은 자기의 속마음을 들킨 것 같아서 얼굴을 붉혔다. 그러자 양녕대군의 말이 이어졌다.

"우리 형제들 중에서 그래도 충령대군이 제일 낫지 않겠는가?"

양녕대군은 이 말을 남기고 총총히 사라졌다.

"아아! 그래서 형님께서······."

이렇게 중얼거리는 효령대군의 얼굴에 감탄과 동시에 비장한 각오가 서리고 있었다. 얼마 후, 효령대군은 홀연히 양주 회암사로 들어가 삭발하고 승려가 되었다. 아들을 아는데 그 아버지보다 더 잘 아는 사람은 없다고 했다. 어쩌면 태종 역시 맏아들 양녕대군과 둘째 효령대군의 깊은 뜻을 감지했는지도 모른다.

이조판서 황희와 일부 신하의 반대에도 불구하고 양녕대군은 폐 세자가 되었다. 효령대군마저 출가를 하자, 자연스럽게 충령대군이 세자로 책봉되었다. 1418년 6월에 세자가 된 충령대군은 그해 8월에 부왕으로부터 보위를 물려받았다. 위대한 탄생은 이렇게 해서 이루어졌다.

세종대왕은 실로 위대한 인격자요, 지도자였다. 그는 두 형님이 무엇 때문에 자기에게 선뜻 보위를 양보한 것인지를 너무나도 잘 알고 있었고, 그래서 그 기대를 저버리지 않으려고 더욱 선정에 힘썼다.

삭발을 하고 불문(佛門)에 귀의한 효령대군은, 세상사를 깨끗하게 잊고 오직 염불삼매에 몰두하였다. 그리하여 세상에서는 무엇에 푹 빠져 몰두하면,

'효령대군 북 치듯 한다.'는 말이 생겨나게 되었다.

스스로 왕세자의 자리를 버린 양녕대군은 물처럼 바람처럼 자유롭게 지냈다. 풍류를 벗 삼으며 삶의 행복을 만끽했다. 하루는 동생 효령대군으로부터 초청을 받았다. 석존의 열반재일에 왕림하시어 정회나 풀자는 것이었다.

"흠, 좋지!"

양녕대군은 일부러 이날 함께 어울리던 무리들을 거느리고 회암사 부근으로 가서 크게 사냥을 하였다.

"자, 잡은 짐승들을 모두 굽고 볶아라."

"어서 술을 대령 하여라!"

"이왕이면 예쁜 기생도 데려오도록 하라!"

양녕대군은 기생들까지 불러다가 질탕한 술판을 벌였다. 효령대군은 형님의 짓궂은 장난을 전해 듣고 기겁을 하고 뛰어내려왔다.

"아니, 형님! 청정한 불도량에서 이게 무슨 짓이옵니까? 제가 공양을 준비하였으니 어서 거두십시오."

효령대군의 나무람에 양녕대군은 호탕하게 웃었다.

"으하하하하하!!"

산이 들썩거리도록 웃다가 이렇게 말했다.

"여보게, 아우! 어떤가? 내 팔자가? 나는 살아서는 왕의 형이요, 죽어서는 부처의 형일 테니, 이만하면 걱정할 것이 무엇인가?"

효령대군도 이러한 형을 끝까지 나무랄 수만은 없었다.

현명한 사람은 애써 소유하려 하지 않는다. 이미 갖고 있는 것도 버린다. 잠시 머물다가 떠나는 것이 인생인데, 맑은 영혼을 탐욕스런 마음으로 물들일 까닭이 무엇인가. 버려라. 버린 만큼 행복해진다.

숙주나물

조선 제7대 임금 세조(世祖)는 재위 13년 동안 많은 치적을 쌓은 유능한 군주였다. 그러나 비정하기가 서릿발 같은 인물이었다. 세조가 무력으로 어린 조카 단종(端宗)을 내치고 등극하자, 몇몇 신하들은 의분을 참지 못하였다. 그리하여 왕년에 집현전 학사로서 세종의 총애를 받았던 성삼문, 박팽년, 이개, 하위지, 유응부, 유성원 등이 중심이 되어 반역자를 응징하고 단종 복위를 꾀하려고 기회를 엿보고 있었다. 그러나 변절자 김질(金礩)의 밀고로 계획이 무산되고 모두가 체포되어 형장의 이슬로 사라졌다. 역사는 이들을 사육신(死六臣)이라 부른다.

성삼문이 세조에게 모진 고문을 당하고 있을 당시, 성삼문의 둘도 없는 친구 신숙주는 세조의 곁에 앉아 그것을 지켜보고 있었다. 성삼문은 분노에 이글거리는 눈으로 신숙주를 쏘아보며 궁궐이 떠나가라고 호통을 쳤다.

"네 이놈 숙주야! 전에 너와 같이 집현전에 있을 때 영릉(英陵)께서 원손(단종)을 안으시고 '과인이 죽은 후에 너희들은 이 아이를 생각하라' 하신 고명을 잊었느냐? 네가 이처럼 비겁하게 의리를 저버릴 줄을 내 정녕 몰랐다. 장차 너는 죽어서 무슨 면목으로 지하에 계신 선왕들을 뵐 것이냐!"

무서운 질타에 신숙주는 그만 무색해져서 얼굴을 붉히고 돌아앉지 않을 수 없었다. 이날 해질 무렵 신숙주는 사인교에 올라 벽제소리를 앞세우고 집으로 돌아왔다. 퇴청하는 남편을 맞이하는 부인 윤 씨의 눈초리가 예사롭지 않았다.

"아니, 대감……."

윤 씨 부인의 목소리는 파르르 떨리고 있었다.

"오늘 성 승지와 유 대감 등이 국문을 당하지 않았습

니까? 그래서 소첩은 대감께서 그들과 함께 순절하시려니 생각하고 뒤를 따를 준비를 하고 있었습니다. 그런데 어찌하여 살아서 돌아오셨습니까?"

폐부를 무섭게 찌르는 말이었다. 이 말에 신숙주는 차마 아내의 눈을 바로 보지 못하고 고개를 떨구며,

"저것들 때문에⋯⋯."

하고 어린 자식들을 가리켰다.

"허⋯⋯."

어이가 없다는 소리를 신음처럼 토해낸 윤 씨 부인의 표정이 싸늘하게 굳어졌다.

"부끄럽고 수치스럽소! 대감의 그 명망이 가소롭기 짝이 없소! 당신의 뻔뻔하고 더러운 얼굴을 본 눈을 씻어야 하겠소."

윤 씨 부인은 저주의 말을 퍼붓고 남편의 얼굴에 침을 뱉고는 총총히 내실로 들어가 버렸다. 그리고 들보에 목을 매어 이승을 하직했다. 변절자 신숙주는 옛 동료들은 물론이거니와 부인에게까지 짐승으로 매도되는 등 이루 말할 수 없는 굴욕을 맛보아야 했다.

　쉽게 상하는 '녹두나물'이 신숙주의 변절에 빗대어 '숙주나물'로 불리게 된 것도 이때부터라고 한다. 어쨌든 신숙주는 일신의 영달을 위하여 권력에 영합했고, 지조를 팔고 얻은 부귀영화를 죽을 때까지 누렸다. 윗물이 맑지 못하면 아랫물도 맑지 못하는 법. 바르지 못한 아버지에게서 어찌 바른 아들을 기대할 수 있으랴!

신숙주의 아들인 신정(申瀞)은 아버지의 후광에 힘입어 나이 삼십도 되기 전에 재상의 위치에 올랐다. 젊은 나이에 이조참판이 된 신정은 좌리정훈(佐理正勳)에 기록되어 공신으로서 받아야 할 전답과 노비를 다 받았다. 그러나 신정은 욕심이 지나친 위인이었다. 게다가 교만하고 어리석기까지 했다.

고령현(高靈縣)에서 제일 세도 있고 부자라는 말을 들은 신정은, 그 고을의 절에 속해 있는 종이 탐나서 빼앗으려고 했다. 그것이 여의치 않자 어보(御寶)를 위조한 공문을 만들어 빼앗으려고 하다가 그만 탄로가 나서 옥에 갇혔다.

어보를 위조한 죄는 사형을 면할 수 없는 큰 죄였다. 그러나 성종(成宗)은 신숙주의 공로를 생각해서 죽음만은 면하게 해주려고 하였다.

어느 날 성종은 대궐 밖으로 거동하였다가 신정이 갇혀 있는 의금부 앞을 지나게 되었다.

"잠시 멈추어라!"

성종은 행차를 멈추게 한 후에 죄인 신정을 불러오게

하였다. 이윽고 신정이 포승줄에 꽁꽁 묶여 나와 무릎을 꿇었다. 성종은 측은한 생각이 들어 이렇게 말했다.

"너는 나라에 공이 큰 훈신의 아들로서 지금 사형을 받게 되었다. 너의 그런 모습을 보니 네 아버지가 생각이 나서 과인의 마음도 아프다. 만일 지금이라도 진실을 밝히고 잘못을 뉘우친다면 즉시 석방하여 네 아버지의 공훈에 보답하겠다.

성종은 은전을 베풀어 죽을죄인 신정에게 살길을 열어 주려고 하는 것이었다. 그러나 어리석고 교활한 신정은 끝까지 자기의 행동을 합리화시키면서 변명하기에 급급했다.

"네가 한 짓을 바른대로 말하라!"

임금은 몇 번이나 타이르며 기회를 주었다.

"전하, 정말 억울하옵니다. 전하께옵선 어찌하여 소신의 말을 믿지 않으십니까? 정말 안타깝고 답답하옵니다. 전하, 거듭 말씀드리지만……."

신정은 임금 앞에서 얼굴을 찌푸리며 마구 언성을 높였다. 참다못한 성종은 대로하여 고함을 질렀다.

"미련하게 고집이 센 놈이로다! 당장 옥에 다시 가두고 철저히 죄상을 밝히도록 하렸다!"

추상같은 어명에 따라 의금부에서 신정의 죄상을 따지고 의논했다. 얼마 후에 그 결과를 판부사(判府事) 강희맹(姜希孟)이 임금께 아뢰었다.

"죄인 신정은 재상의 지위에 있으면서 어보를 위조하여 사욕을 채우려고 했습니다. 국법에 따라 사형에 처하는 것이 지당한 줄로 아뢰옵니다."

"알았다!"

성종은 즉시 법대로 하라고 윤허를 내렸다. 그리하여 신정은 아버지인 신숙주의 시체가 채 썩기도 전에 탐욕과 교만한 성품으로 말미암아 죽었다.

지나친 것은 부족함만 못하다. 욕심이 과해서 죽음을 자초했다. '중용의 미덕'을 생각해 보아야 할 것이다.

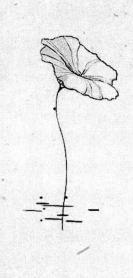

선조(宣祖)의 명언(名言)

　　명종의 뒤를 이어 왕위에 오른 이는 조선조 제14대 임금 선조(宣祖)이다. 선조는 중종(中宗)의 후궁 안씨(安氏)의 소생인 덕흥군(德興君)의 셋째 아들이다. 명종이 후사 없이 승하할 때 하성군(河城君;즉위하기 전의 선조의 작위)을 부르면서 왕위에 세우라고 했으므로, 선조는 방계(傍系)로서 대통을 이었다. 선조는 17세에 등극했는데, 그의 거동이 매우 진중하고 태도가 엄정하여 인군(仁君)의 기상으로 손색이 없었다. 선조는 타고난 성품이 영명하고 학문을 좋아하여 어진 선비들을 불러다 썼다. 퇴계 이황(李滉), 율곡 이이(李珥), 휴암 백인걸(白仁傑) 등의 인재가 조정에 드나들어 맑고 밝은 기운이 조야에 가득했다.

그러나 동서분당(東西分黨)이 생긴 후, 신하들 사이에
계속되는 당쟁으로 인하여 국가 정치를 그르치고, 임진
왜란을 겪는 등의 일로 역사에 큰 오점을 남겼다.

『죽창한화(竹窓閑話)』에 선조의 지혜를 느끼게 하는 다
음과 같은 이야기가 실려 있다.

임진왜란을 겪은 선조는 국가의 기강을 바로잡고자
노력했다. 을사년(선조 33년, 1605년)에 선조가 아침 강
론에 참석했다.

"전하! 우리나라 여러 도(道)에는 은이 나는 곳이 많
습니다. 오늘처럼 국가의 재정이 곤궁할 때 백성을 시
켜 캐내게 하고, 관가에서 세금을 받게 한다면 공사 간
에 다 유익할 것이오며, 국가의 예산도 넉넉해질 것입니
다."

선조는 눈을 지그시 감고 생각에 잠겨 있다가 입을
열었다.

"은이 나는 곳이 실로 많은가?"

이 말에 사간 이덕형(李德泂)이 아뢰었다.

"예로부터 우리나라 명산에는 은이 나지 않는 곳이 없다는 말이 전하고 있습니다. 그러나 삼국 시대부터 오늘까지 은을 채취한 곳은 단천(端川) 한 곳 뿐입니다. 전하! 은은 소중한 보물입니다. 하늘이 이것을 낼 때에는 반드시 쓸 곳이 있어서 냈을 것입니다. 그러므로 간직해 두기만 하는 것은 매우 애석한 일이라 말하지 않을 수 없습니다. 만약 은이 나는 곳이 있다면, 백성들이 캐내어 유용하게 쓸 수 있도록 하는 것이 좋을까 하옵니다."

선조는 말없이 고개를 끄덕였다.

다음날 승정원에서 다시 이 문제를 제기했다. 이때 선조는 비망기(備忘記)에 이런 글을 써서 주었다.

- 혼돈(混沌)을 파헤치자 혼돈이 죽었다.

❀ 은 구덩이를 파헤치면 사람의 마음이 죽는다. 은구덩이를 파면 은은 얻을 수 있다. 그러나 은으로 인하여 생기는 사람들 마음의 갈등은 또 다른 문제가 아닐 수 없다. 은보다 귀한 것이 사람의 마음이 아니겠는가!

제4장 기적과 행운

신통한 예언

선조 때 김지(金智)라는 사람이 있었다. 그는 매우 영특한 사람이었다. 특히 중국어를 능통하게 잘하여 젊을 때부터 사신의 일원으로 중국을 많이 드나들었다.

선조 3년(1570년) 봄, 중국에 갔다가 우연히 왕손청(王孫淸)이라는 점쟁이를 만났다. 그는 중국 최고의 신통(神通)으로 이름난 사람이었다. 왕손청은 김지와 이야기 끝에 불쑥 퇴계 이황(李黃)이 백설이 난무할 때 죽는다고 예언했다.

"허, 그걸 어찌 아시오?"

"영롱하게 빛을 발하던 문곡성(文曲星) 하나가 급격히

빛을 잃고 있소이다."

김지는 반신반의하며 자신의 운수를 물었다.

"그렇다면 내 운수는 어떠하겠소."

왕손청은 조금도 주저하지 않고 일필휘지(一筆揮之)했다.

花山騎牛客 頭戴一枝花

화산기우객 두대일지화

"꽃핀 산중에 소를 탄 나그네, 머리에 한 송이 꽃을 이었도다! 무슨 뜻이오? 이게 나의 운수란 말이오?"

김지가 눈을 동그랗게 뜨고 묻자 왕손청은 빙그레 웃었다.

"그렇소."

"무슨 뜻인지 도무지 모르겠소. 알기 쉽게 설명해 주시오."

"알게 될 날이 올 것이오."

"……."

본국으로 돌아온 김지는 공사다망한 관계로 왕손청의 말을 까맣게 잊고 있었다. 그런데 이해 겨울에 퇴계이황이 타계를 하자, 불현듯 그 말이 뇌리를 스쳤다.

"대체 무슨 뜻이지?"

그 글귀의 뜻을 알아내고자 무척 노력하였으나 도무지 해독할 수가 없었다. 그 후 김지는 안동부사가 되었다. 어느 날 갑자기 학질을 앓았는데, 매우 고생하다 나았다.

"어휴, 학을 뗀다고 하더니, 정말 지독하다!"

몇 달이 지나 또 학질을 앓았다.

"어이구야, 또!"

이번에도 무진 고생을 하고서야 간신히 나았다. 그런 뒤로부터는 걸핏하면 학질을 앓아서 아주 고질이 되었다.

"이것 참, 보통 일이 아닐세."

김지는 좋다는 약은 다 써보고, 무슨 비방이니 하는 것까지도 했다. 그러나 백방으로 애를 써도 허사였다. 관아에 드나드는 사람 중에 장춘근(張春根)이라는 자가 있었다.

그가 하루는 학질을 떼는 데 좋은 방법이란 것을 하나 얻어듣고 부리나케 뛰어왔다.

"사또나리, 학질을 떼는 데에 기막힌 방법이 있습니다."

"그래?"

하도 많이 실망을 했기에 이제는 탐탁하게 듣지도 않았다. 장춘근은 김지의 안색을 살피며 입을 열었다.

"예, 예! 소를 타고 다니면 학질이 감쪽같이 떨어진다고 합니다. 여러 사람이 효험을 보았다는 것을 소인이 직접 확인을 했습니다."

"허허……."

김지는 어이가 없어서 피식 웃었다.

"실없는 소리가 아니옵니다. 일설에 의하면 맹사성(孟思誠)대감도 심한 학질을 앓다가 소를 타고 다닌 후로 떼었다는 말이 있지 않습니까?

"허허……."

그리하여 김지는 소를 타고 관내의 여러 고을을 순시

했다. 그러나 소를 타 보아도 소용이 없었다. 김지는 또 심한 학질에 걸려 풍천 고을에서 쓰러지고 말았다. 이 고을의 원님은 약을 달여 주었고, 기생들을 시켜서 정성으로 구완하여 주었다.

"어이구, 어이구야……."

며칠을 끙끙 앓았다. 그러다가 어느 날 잠시 혼절을 했다가 이마에 서늘한 느낌이 들어 눈을 떴다. 머리맡에 한 기생이 쪼그리고 앉아서 이마를 짚어 보고 있었다.

"약을 드시겠습니까?"

"아니, 됐다!"

김지는 고개를 저으며 애써 입가에 미소를 만들었다. 그까짓 효험이 없는 약 보다는 기생이 옆에 앉아 있는 것이 훨씬 더 약이 될 것 같다는 생각이 들었다.

"그래 네 이름이 무엇이더냐?"

"일지화(一枝花)라 하옵니다."

"뭐, 일지화?"

"예, 한 가지 꽃이라는 뜻입니다."

"허……."

김지는 기가 꽉 막혀서 두 눈을 감아 버렸다. 빠르게 뇌리를 치고 드는 얼굴이 하나 있었다. 젊었을 때 중국에서 만났던 왕손청의 얼굴이었다.

"화산기우객 두대일지화!"

김지는 자기도 모르게 왕손청이 말했던 글귀를 중얼거렸다.

"아아, 그는 내가 오늘과 같은 날이 도래하리라는 것을 꿰뚫고 있었단 말인가······."

곰곰이 생각해 보니, 과연 자기는 화창한 봄날에 소를 타고 고을 순시를 나섰으니, 꽃동산에 소를 탄 나그네였다. 그리고 일지화라는 이름의 아리따운 기생이 머리맡에 앉아서 이마를 짚어 보고 있으니, 말하자면 머리에 한 가지 꽃을 이고 있는 것이나 다를 바가 없었다.

"휴우, 언젠가 알 날이 올 것이라고 하더니······. 결국 그 글귀는 내가 죽을 날을 예언했던 것이었구나!"

김지는 정신이 아득해지는 것을 느꼈다. 이마에는 주체할 수 없을 정도로 송골송골 땀방울이 맺히고 있었다.

'인명(人命)은 재천(在天)이라 했거늘······.'

김지는 객지에서 눈을 감는 것이 약간 한스럽게 생각되었지만, 다른 여한은 없었다.

"일지화야! 네, 네가 나를 배웅……."

김지는 기생의 손을 잡고 힘없이 중얼거리다가 스르르 눈을 감았다.

인생은 유한하다. 삶이 있으면 반듯이 죽음이 있는 것이다. 그리고 인간의 생사는 누구도 알지 못한다. 그러니 삶과 죽음에 연연할 필요는 없다. 그 보다는 살아있을 때 죽음에 대한 준비를 해두는 것이 더욱 의미가 있는 일이 아니겠는가!

귀신을 다스리는 사람

　고려 제 4대 광종(光宗)때의 일이다. 당시 충청도 임천 (林川)에는 요괴(妖怪)가 많기로 유명했다.

　'임천에 부임하느니 차라리 벼슬을 하지 않는 게 낫 다.'라고 관리들이 말하는 그런 지역이었다.

　부임하는 수령마다 좋지 못한 일을 당한 관계로 임천 은 관리들이 부임하기를 기피하는 그런 고을이 되었다.

　"허어 큰일이로다!"

　임금은 걱정이 컸다. 그래서 아무리 벼슬이 낮은 사 람이라도 자원만 하면 수령으로 보내겠다는 약속을 했 다.

"내일 죽더라도 한번 자원을 해봐?"

"그만두게, 마누라 과부 만들 일 있나?"

"하하하……. 개똥밭에 굴러도 이승이 낫지, 안 그래?"

하급 관리들은 우스갯소리 삼아 그 일을 말했지만, 누구 한 사람 지원하고 나서지는 않았다. 벼슬이 아무리 좋다한들 목숨과 바꿀 수 있겠는가? 그런데 그 때, 안동희(安東熙)라는 별장(別將)이 과감히 자원을 했다. 한미(寒微)한 가문의 자손이지만 용기와 지략이 뛰어난 인물이었다. 특히 역학(易學)에 밝아 귀신을 볼 수 있다는 소문을 가진 사람이었다.

"사또, 먼 길을 오시느라 고생이 많으셨습니다. 소인은 이방 장기권이라 하옵니다."

이방을 비롯한 아전들이 모두 삼문(三門)밖에 나와 신관 사또를 영접했다. 인사를 받은 안 사또가 동헌으로 들어서려고 하니 아전들이 기겁을 했다.

"사또 들어가시면 안 되옵니다."

"무슨 말인고? 수령으로 부임한 관리가 관아에 들어

가지 않으면 어쩌란 말이냐?"

안 사또의 근엄한 말에 이방이 허리를 굽실거리며 입을 열었다.

"사또께서는 소문도 듣지 못하셨습니까?"

"무슨 소문?"

"관아에는 귀신이 들끓고 있습니다. 전관 사또들께서 횡액을 당한 이유도 귀신들의 소란 때문이었습니다. 그러니 다른 곳에 거처를 정하시고 집무를 보는 것이 좋을 듯하옵니다."

이방의 목소리와 표정에는 진심으로 걱정하는 빛이 어려 있었다.

"그런 소리는 입 밖에 내지도 말렷다! 수령된 자가 요사스런 귀신이 두려워 관아를 버리겠느냐?"

안 사또는 눈을 부라리며 질책하듯 말했다. 아전들은 하는 수 없이 동헌으로 사또를 안내했다.

"허, 말 그대로 도깨비 소굴이구나!"

"당장 청소부터 하라!"

사또의 명에 따라 때 아닌 대청소가 시작되었다. 그

러는 동안 날은 완전히 저물었다. 안 사또의 독려 아래 아전들과 관졸들은 횃불을 대낮같이 밝히고 열심히 청소를 했다.

"흠, 모두들 귀신의 공포에 사로잡혀 있구나."

청소가 끝났을 때는 이슬비가 부슬부슬 내리기 시작했다.

"수고들 했다. 이젠 돌아가 쉬도록 하여라."

안 사또는 당직 사령만 남게 하고 모두 집으로 돌려보냈다.

밤이 깊은 시각, 안 사또가 뒤가 급하여 변소에 가게 되었다.

"등촉을 들어라!"

어린 종이 등을 들고 앞장을 섰다. 문득 대나무 숲을 바라보던 안 사또의 두 눈이 왕방울만큼 커졌다. 소복을 입고 산발한 여자 둘이 거기에 서 있는 것이었다.

'옳거니, 저것들이 바로 이제까지 관아에 부임한 관원들에게 해코지한 귀신들이구나!'

안 사또는 두 눈을 무섭게 부릅뜨고 귀신들을 쏘아

보았다. 그 위세에 눌려 귀신들은 움찔하면서 도망을 치려했다.

"이 요망한 것들 어디를 달아나려 하느냐? 썩 앞으로 나오너라!"

목청이 어찌나 큰지 관아가 다 들썩거릴 정도였다.

"엄마야!"

등을 들고 앞서 걷던 어린 종이 벼락 치는 소리에 화들짝 놀라 비명을 질렀다.

"네 이년들! 이리 오지 못할까!"

귀신들이 황급히 바람을 일으키며 도망치자 안 사또는 더욱 크게 호통을 쳤다.

'사또께서 헛것을 보셨나?'

어린 종은 안 사또가 헛것을 보았다고 생각했다.

어쨌든 이런 일이 있고부터 귀신들은 안 사또의 눈에 띄지 않았다. 그리고 불안하지만 평화스러운 날이 지나가고 있었다.

"이번에 오신 사또는 보통 인물이 아닌가 봐."

"글쎄? 아직까지 아무 변고가 없으니……."

"모를 일이야."

아전들과 관졸들은 이렇게 수군덕거렸다. 요괴 박멸에 나선 안 사또는 귀신이나 도깨비를 섬기고 있는 사당 등을 모조리 부수거나 불태웠다. 그 후 안동희는 서원(瑞原) 고을의 수령으로 부임하게 되었다. 그곳도 귀신이 들끓는다는 소문이 자자한 고장이었다. 서원고을의 한복판에는 하늘을 찌를 듯이 높은 고목이 있었다. 날이 흐리면 그 나무에서 귀신의 곡성이 들렸고, 밤이면 수많은 도깨비불이 주변을 맴돌았다.

하루는 김 씨 성을 가진 젊은이가 그 고목 주변에서 아끼는 매를 잃었다. 담이 크고 힘이 장사인 이 젊은이는 화가 났다.

"하찮은 나무가 감히 나의 매를 훔쳐! 도저히 용서할 수 없다!"

젊은이는 도끼를 들고 와서 그 고목을 찍었다. 그러나 아무리 도끼질을 하여도 고목은 쓰러지지 않았다.

"에잇! 이놈의 고목, 누가 이기나 해보자."

하루 종일 도끼질을 하던 젊은이는 지쳐 쓰러졌다.

그리고 깨어났을 때는 미쳐 있었다. 미친 젊은이는 호랑이처럼 광폭해져서 날뛰었다. 닥치는 대로 사람을 상하게 하고 온갖 만행을 저질렀다. 그러나 힘이 장사였기 때문에 당해낼 사람은 아무도 없었다. 이 소문을 들은 안 사또는 즉시 그 젊은이를 잡기 위해 손수 나섰다.

"허어, 악랄한 고목 귀신이 저 젊은이에게 붙었구나!"

젊은이를 보는 순간 안 사또는 곧 귀신의 실체를 파악했다.

"요망한 것! 무고한 사람에게 씌워져 괴롭히는 너를 내버려 둘 수 없다."

안 사또의 호통을 들은 미친 젊은이는 화들짝 놀라 황급히 어디론가 도망을 쳤다.

"게, 섰거라!"

안 사또는 젊은이를 쫓아가며 소리쳤다. 자기의 집으로 들어간 미친 젊은이는 대문을 굳게 잠그고 숨어서 벌벌 떨었다.

"네 이놈! 어서 나오지 못하겠느냐?"

안에서 아무런 기척이 없자, 관졸들이 담을 넘어 안으로 들어가 대문을 열었다.

안 사또가 그 미친 젊은이를 보자마자 크게 호통을 쳤다.

"이놈!"

미친 젊은이는 사시나무 떨듯하며 애원했다.

"살려 주십쇼."

"시끄럽다! 이 요망한 것!"

안 사또는 미친 젊은이의 상투를 잡고 마당으로 끌어냈다. 힘이 장사인 미친 젊은이는 이상하게 안 사또 앞에서는 맥을 쓰지 못했다. 그것은 마치 고양이 앞에 선 생쥐와도 같은 꼴이었다.

"여봐라! 당장 고을에서 가장 오래된 복숭아나무를 찾아 동쪽으로 뻗은 가지를 잘라 오너라."

"에이!" 이윽고 관졸들이 복숭아 나뭇가지를 잘라 왔다. 안 사또는 장검을 뽑아 복숭아 나뭇가지를 싹싹 다듬었다. 그것은 곧 칼 모양이 되었다.

"하하하······."

안 사또는 껄껄 웃으며 복숭아 나뭇가지로 만든 칼을 높이 쳐들었다. 미친 젊은이는 울며불며 살려달라고 빌었으나 안 사또는 크게 호통을 치며 나무칼을 내리쳤다.

"으악!"

단발마의 비명이 멀리까지 울려 퍼졌다. 관졸들과 고을 사람들은 숨을 죽이고 그 괴이한 광경을 지켜보고 있었다. 사또는 복숭아 나뭇가지로 만든 칼로 미친 젊은이의 목을 치는 시늉을 했을 뿐이었다. 그런데 젊은이는 비명을 지르며 쭉 뻗었다.

"이 젊은이를 방으로 옮겨라. 사흘이 지나면 깨어날 것인데, 그때는 제정신을 찾았을 것이다. 과연 사흘 후에 젊은이는 눈을 떴다. 그리고 거짓말처럼 미친 짓도 하지 않게 되었다. 고목 귀신이 사라지자 안 사또는 이렇게 말했다.

"그 귀신은 칠백년이나 묵은 지독한 놈이었다. 그런 귀신은 해 뜨는 동쪽으로 뻗은 복숭아 나뭇가지로 만든 칼이 아니고서는 목을 칠 수 없다. 귀신을 다스리는 데는 복숭아나무가 최고다."

이때부터 서원 고을에는 복숭아나무를 심는 집이 많아졌다.

뜻이 바르고 신념이 굳으면 모든 사악한 기운이 침범하지 못한다. 지옥과 천국도 내 마음속에 있는 것이니 오로지 마음을 갈고 닦는 일에 최선을 다할 일이다.

스님과 여인

"휘이잉, 휘이잉……."

동지섣달 초저녁, 눈발을 가득 머금고 몰아치는 매서운 바람소리가 귀청을 찢어대는 듯 했다.

"휴우, 눈 한번 무섭게 오는군!"

몰아치는 눈보라 속을 헤치고 힘겹게 걸어가는 사람은 노스님이었다. 편삼(偏衫)을 잔뜩 끌어올려 머리와 귀를 감싸고 있었지만, 뼛속까지 파고드는 추위는 피할 길이 없었다.

"나무아미타불 관세음보살……."

노스님은 열심히 염불을 외우며 한 걸음 한 걸음 전

진했다. 이 노스님은 황룡사의 주지스님이었다. 보림사에 볼일이 있어 다녀오는 길인데, 갑작스런 눈보라를 만난 것이었다.

"휴우, 더 이상 걸어가면 얼어 죽고 말겠다."

스님은 고갯마루에서 잠시 걸음을 멈추고 혼잣말로 중얼거렸다. 거센 눈보라가 스님의 얼굴을 때렸다. 그때, 저 멀리서 깜빡거리는 황룡사의 불빛이 보였다.

"어서가자."

스님은 눈보라를 안고 사력을 다해 다시 걸었다. 얼마큼 걸었을까 커다란 바위 위에 도달했을 때, 매서운 바람결에 실려 오는 소리가 있었다.

"응애, 응애……."

"이게 무슨 소리지?"

스님은 잠시 걸음을 멈추고 그 소리에 귀를 기울였다.

"기이한 일이로구나! 이 눈보라 속에 아기 울음소리라니?"

스님은 주장자에 몸을 의지하고 서서 다시 귀를 기울

였으나 찬바람이 귓전을 때릴 뿐이었다.

"내가 잘못 들었나?"

그때 끊어질 듯 끊어질 듯 이어지는 탈진한 아기 울음소리가 다시 들렸다. 스님은 주위를 자세히 살폈다.

"어? 이게 뭐지?"

순간 스님의 코에 피비린내가 진동했다.

"아니!"

스님의 두 눈이 왕방울만큼이나 커졌다. 금방 해산을 했는지 붉은 피로 물들인 채 실신한 여인이 아기의 탯줄을 쥐고 있었다.

"어째 이런 일이……."

스님은 황급히 이로 물어뜯어 아기의 탯줄을 끊었다. 그리고 재빨리 아기를 품에 안았다.

"허, 얼음덩이가 다 됐어!"

스님은 호호 입김을 아이의 몸에 내뿜으면서 손으로 문지르기 시작했다.

"응애, 응애!"

한참을 문지르니 아기의 얼었던 몸이 풀리는가 싶더

니 울음소리에도 생기가 돌았다. 스님은 그제야 산모를 보았다.

"여보시오! 정신을 차리시오!"

허리를 굽혀 여인을 흔들었으나 신음소리조차 없었다. 알몸으로 동태처럼 얼어 있었다.

"허, 큰일 났군!"

스님은 얼어붙은 여인의 몸을 주무르기 시작했다. 자신이 출가사문이란 것도 잊은 채, 오직 꺼져가는 생명을 살려야 한다는 일념으로 여인의 전신을 주물렀다.

"후우, 후우, 후우……."

스님은 여인의 코와 이마, 그리고 뺨을 문지르며 자신의 입김을 계속 불어 넣었다. 그러는 도중에 아기는 품속에서 새근거리며 잠이 들었다.

"흠, 이런 와중에서도……."

스님은 장삼을 벗어 아기를 감싸 여인의 옆에 눕히고 여인의 몸에 온기가 돌아오도록 계속 문질렀다.

"으음……."

팔목이 시큰하게 아려올 때, 마침내 여인의 입에서 가

느다란 신음 소리가 터졌다.

"휴우……."

스님은 자신도 모르게 긴 한숨을 토해내며 이마에 맺힌 땀방울을 닦아내었다. 그 혹독한 추위 속에서도 스님의 온몸은 땀으로 흠씬 젖어 있었다.

"허어……."

그때서야 스님은 여인의 안색을 자세히 살폈다. 악취가 코를 찌르는 거지여인이었다.

"부처님 이 가련한 여인과 아기에게 자비를……."

이렇게 중얼거리며 다시 여인의 몸을 비비기 시작했다. 그러다가 무슨 생각을 했던지, 갑자기 자리에서 일어나 거침없이 자신의 바지와 저고리를 벗어 여인에게 입혔다. 벌거숭이가 된 스님은 체력의 한계를 느낄 때까지 여인의 몸을 비비고 주물렀다. 얼마나 정성을 다했는지 추위를 느낄 겨를도 없었다. 얼마나 시간이 흘렀을까? 이제는 그토록 매섭게 몰아치던 바람도 잠잠해지고, 눈발도 그쳤다.

"으음……."

신음을 토해내던 여인이 가늘게 눈을 떴다.

"정신 차리시오!"

정수스님은 여인의 뺨을 세차게 때렸다.

"악!"

비명과 함께 여인이 깨어났다.

"여보, 보살님! 이제 정신이 드시오?"

"스님, 스님께서 저를 살려……. 그런데 아기는……?"

여인은 눈물을 흘리며 말을 잇지 못했다. 스님은 빙그레 웃으며 여인의 눈물을 닦아 주었다.

"염려 마시오. 아기는 잘 자고 있소. 그런데 어인 일로 이 산골까지……?"

"흑…….."

여인은 울음을 터뜨리며 간신히 말을 이었다.

"아기 낳을 곳을 찾아오다 그만 길을 잃고……. 스님께 큰 폐를 끼쳤습니다. 정말 죄송합니다."

"살아났으니 다행이오. 나는 갈 길이 멀어 이만 가봐야겠소. 이젠 눈보라도 그쳤으니 보살님은 어서 민가를 찾아가도록 하시오."

"……."

스님은 이렇게 말하고 성큼 걸음을 옮겼다.

"스님, 잠깐만요!"

여인이 부르는 소리에 스님은 걸음을 멈추고 고개를 돌렸다.

"스님, 옷을 입고 가셔야지요. 이 추위 속에 어찌하시려고 그냥 가십니까?"

스님은 손사래를 치며 말했다.

"아니오, 나는 살 만큼 살았소. 그러니 염려 말고 아기나 잘 보살피도록 하십시오."

스님은 벌거벗은 채 황룡사로 향했다.

"어, 춥다!"

무릎까지 푹푹 빠지는 눈밭을 걸어서 가까스로 황룡사에 가까이 이르자 긴장이 풀려 스님은 정신이 몽롱해지기 시작했다. 스님은 절 문을 두들기려고 팔을 들었으나 팔이 말을 듣지 않았다. 몸에 있는 힘이 썰물처럼 빠져나가 그 자리에 털썩 쓰러지고 말았다.

'일어나야 한다.'

안간힘을 쓰며 다시 일어나려고 했으나 몸이 천근이나 되는 듯 꼼짝 할 수가 없었다. 의식도 가물가물해지고 있었다. 그때 아기를 안은 거지 여인이 안개 속에서 스님 앞에 나타났다. 잠시 후 안개가 걷히자 거지여인의 모습이 더욱 또렷해졌다. 거지여인은 찬란한 황금빛 속에 휩싸여 있었는데, 한 순간 갑자기 어린 '문수동자'를 대동한 관음보살의 모습으로 바뀌어 있었다. 신비스러운 미소를 입가에 흘리며 말을 건넸다.

"일어나거라 착한 중생아! 너는 이미 도(道)를 이루고 열반에 들었느니라!"

스님은 드디어 원하던 관음보살을 친견(親見)하고 열반에 들었다. 아기를 낳은 거지 여인은 스님의 수행력을 시험한 관음보살의 화신(化身)이었고, 아기는 문수동자의 화현(化現)이였던 것이다.

〰️🍂 선행 중에서 제일가는 선행은 자기희생을 통해서 남의 목숨을 살리는 일이다. 생명 경시 풍조가 만연한 오늘에 있어서 이 이야기는 참된 생명의 의미를 다시 한 번 생각하게 한다.

여인의 개가(改嫁)를 금지시킨 이유

옛날 어느 고관(高官)이 민가의 사정을 살피기 위하여 미복잠행(微服潛行)하고 있었다. 한 마을을 지나는데 여인의 울음소리가 들렸다. 가까이 가보니 불에 탄 집의 마당에서 소복한 젊은 여인이 두 다리를 쭉 뻗고 주저앉아 땅을 치며 통곡하고 있었다. 구경꾼들의 말을 들어보니, 간밤에 불이 나서 남편이 타죽었다는 것이었다.

"그런데 용케도 여자는 빠져나왔군요? 멀쩡한 것을 보니 다친 곳도 없는 것 같고요?"

고관은 왠지 이상한 생각이 들어 구경꾼에게 은근히 물었다.

"불길이 치솟자 엉겁결에 아내 혼자만 빠져나왔다고 하더이다. 그것이 안타깝고 서러워서 저렇게 울고 있다오."

"흠!"

고관은 여인의 모습을 유심히 살폈다. 그런 경황 중에 소복을 차려 입고 있는 것이 이해가 되지 않았다.

"소복은 마을 사람이 가져다주었나 봅니다 그려?"

고관의 물음에 구경꾼은 고개를 갸우뚱했다.

"글쎄올시다. 내가 알기로는 처음부터 입고 있었던 것 같은데……."

"그렇다면 이상하군요. 저 여자가 지난밤에 소복을 입고 잠자리에 들었단 말입니까?"

"허, 듣고 보니 그렇군요!"

고관은 자기의 신분을 밝히고 관가에 사람을 보냈다. 사또가 손수 관졸을 이끌고 화재 현장으로 달려왔다. 관졸들이 잿더미 속에 파묻힌 시체를 수습했다. 고관은 남자의 시체를 이리저리 살피고 나서 사또에게 말했다.

"돼지 두 마리만 구해다 주시오"

이윽고 돼지를 구해왔다. 한 마리는 죽이고 다른 한 마리는 산채로 꽁꽁 묶게 했다.

"장작을 쌓고 돼지들을 올려놓아라."

관졸들이 분부대로 했다.

"다시 그 위에 볏단을 덮고 불을 지펴라."

불길이 활활 타오르자 살아 있는 돼지가 비명을 지르며 무섭게 몸부림을 치기 시작했다. 구경꾼들은 영문을 몰라 물끄러미 바라보고만 있었다. 한참 후에 불길이 사그라졌다. 이미 돼지의 비명과 몸부림이 그친 지도 오래였다. 숯으로 변한 장작 위에는 돼지 두 마리가 바비큐가 되어 누릿하면서도 구수한 냄새를 풍기고 있었다.

"저 돼지들을 시체 곁으로 옮겨라!"

불에 들어가기 전에 살아있던 돼지는 시체의 오른쪽에 죽은 돼지는 왼쪽에 놓았다.

"아이고, 아이고……."

소복한 여인은 그때까지 울고 있었다.

"울고 있는 저 여인을 이리 데려 오너라."

여인이 가까이 오자 고관은 차갑게 입을 열었다.

"그대는 불에 들어가기 전에 살아 있던 돼지와 죽어 있던 돼지의 눈을 자세히 보아라."

여인이 돼지의 눈을 살폈다.

"두 돼지에는 다른 점이 있을 것이다. 어디가 다르냐?"

고관의 말에 여인이 머뭇거리며 대답했다.

"죽어 있던 돼지의 눈에는 재가 들어가 있지 않고, 살아 있던 돼지의 눈에는 재가 많이 들어가 있습니다."

"흠!"

고관은 헛기침을 하고 나서 이렇게 말했다.

"그렇다. 살아 있던 돼지는 불이 타오를 때 뜨거움을 참지 못하고 눈을 크게 뜨고 몸부림을 치다가 죽었다. 그러기에 눈에 재가 많이 들어간 것이다. 사람도 마찬가지다. 살아 있던 사람이 불에 타서 죽었다면 눈 속에 재가 들어가 있는 것이 정상이다. 그러니 이젠 네 남편의 눈을 확인해 보아라!"

여인은 남편의 눈을 확인해 보지도 않고 파랗게 질린 얼굴로 고관을 올려다보았다.

"이실직고하렷다!"

고관의 호통에 여인은 온몸을 부들부들 떨며 흐느끼기 시작했다.

"으흐흑……."

명백한 증거가 백일하에 드러나자 여인은 사건의 진상을 자백할 수밖에 없었다.

여인은 정부(情夫)와 불륜관계를 맺고 남편을 독살했다. 그리고 소사(燒死)한 것으로 꾸미기 위하여 불을 질렀던 것이다. 이것을 본 고관은 여자가 남편을 죽이고 다른 남자와 살 수 없게 하는 법을 마련했다. 그것이 곧 미망인이 다시 혼인할 수 없게 하는 법이었다고 한다.

완전 범죄는 없다. 아무도 본 사람이 없어 모를 것 같지만 우선 하늘이 알고, 땅이 알고, 자신이 알고 있다. 그리고 모든 일은 반드시 자기가 뿌린 대로 거두는 법이다.

술 만드는 돌

양예수(楊禮壽)라는 의원이 있었다. 명종(明宗)때의 어의(御醫)로서 임금의 총애를 받아 통정대부에 오르고, 명종 임종(臨終)시까지 간호했다. 그 후 선조 때에도 명의로서 많은 업적과 일화를 남겼다.

어느 해, 양예수는 중국으로 가는 사신을 따라서 압록 강을 건너게 되었다. 먼 길을 떠나는 사신들로서는 훌륭한 의원과 동행하니 한결 마음이 든든했고, 양예수로서는 견문을 넓힐 기회였기 때문에 기쁜 마음으로 길을 떠났다. 사신 일행은 압록강을 건너 얼마를 가다가 날이 저물어 산기슭에서 노숙을 하게 되었다. 좋은 장소를 찾아 모닥불을 지피고 지친 몸을 쉬었다.

"나는 평발이어서 걷는 것은 딱 질색이야. 조금만 걸어도 이렇게 발이 퉁퉁 부으니……."

양예수는 혼잣말로 투덜거리며 일행과 좀 떨어진 으슥한 곳에서 침구를 폈다. 잠이 없는 사람들은 모닥불 주변에 모여 밤새 시끄럽게 떠들어 댔다. 그렇기 때문에 일부러 멀찌감치 잠자리를 잡은 것이다.

"아 피곤하다!"

그는 침구를 둘러 덮고 누웠다. 바닥에 낙엽과 풀을 많이 깔았더니 푹신푹신했다. 눕자마자 잠이 솔솔 왔다. 잠이 어렴풋이 들었을 무렵, 무엇이 침구를 당기는 바람에 살며시 눈을 떴다.

"누, 누구야?"

졸린 눈을 비비고 있는데, 무엇이 자기의 몸을 공중으로 살며시 올리는 느낌을 받았다.

"어, 어!"

깜작 놀라 팔다리를 버둥거리는 순간 갑자기 몸이 붕 떠올랐다가 '쿵!' 소리를 내며 뒤로 떨어졌다.

"어이구야!"

양예수가 비명을 지르는 순간 밑에 깔고 있는 것이 움직이기 시작했다.

"어, 뭐야?"

떨어지지 않으려고 꽉 잡았다. 부드러운 털이 잡히는 것으로 보아 어떤 짐승이 분명했다.

"대체 뭐지?"

짐승이 빠르게 움직이기 시작하자 양예수는 목덜미를 꽉 잡고 정신을 바짝 차렸다. 달빛에 살펴보니 그 짐승은 엄청나게 큰 호랑이 아닌가!

"으악! 호, 호랑이가 나를……."

너무 놀라 소리도 잘 나오지 않았다.

눈앞이 아찔하였으나 필사적으로 호랑이의 목덜미를 꽉 잡았다.

'호랑이에게 물려가도 정신만 차리면 산다고 했다.'

양예수는 계속 정신을 가다듬으며 마음을 단단히 먹었다. 호랑이는 얼마 동안 어두운 숲 속을 질풍처럼 달렸다. 어느 산비탈을 뛰어올라 한 곳에 이르더니 걸음을 멈추었다.

"어흥!"

호랑이는 낮은 소리로 길게 울었다. 그런 후 바닥에 바삭 엎드려 몸을 흔들었다.

'무슨 일이지? 여기서 나를 잡아먹으려고?'

양예수는 더욱 호랑이의 목덜미를 꽉 잡고 떨어지지 않으려고 했다. 그러나 호랑이가 힘차게 요동을 하자 저 만치 나가떨어졌다.

"어이구야, 이젠 죽었구나!"

정신이 아득해지면서 몸이 사시나무처럼 떨렸다.

"어흥……."

호랑이는 어슬렁어슬렁 걸어와 양예수의 목덜미를 물고 가서 편편하게 생긴 바위 위에 내려놓았다. 호랑이는 양예수를 한참 동안 바라보고 있다가 그 옆에 있는 큰 굴속으로 들어갔다.

"도망가야 한다!"

발걸음을 옮기려고 애를 썼다. 그런데 안타깝게도 걸음이 떨어지지가 않았다. 이윽고 호랑이가 새끼 한 마리를 물고 굴속에서 나왔다.

"끄응, 끙……."

양예수 앞에 내려놓은 새끼호랑이는 연거푸 신음을 토해내고 있었다.

'어디 아픈가 보구나.'

양예수는 즉시 새끼호랑이가 아프다는 것을 알아차렸다.

"옳아, 병든 새끼 때문에 그러는구나!"

양예수는 용기를 내어 끙끙거리는 새끼를 손에 들고 그 어미의 눈치를 보았다. 그랬더니 어미 호랑이는 고개를 숙이고 절을 하는 것이었다.

"허허, 맹수도 새끼를 사랑하는 마음은 사람과 똑 같구나……. 요놈, 어디 보자."

양예수가 살펴보니 그 새끼호랑이는 다리가 심하게 부러져 있었다.

"어이구야, 요놈 다리가 부러졌구나! 그런데 약을 넣은 염낭을 가져오지 않았으니 이를 어쩌나……."

난감한 표정을 지으며 호랑이를 보았다. 그러자 호랑

이는 알았다는 듯이 고개 짓을 하며 자기의 등을 가리키는 것이었다.

"등에 타란 말이지?"

호랑이는 고개를 끄덕였다.

"그래 어서 가서 염낭을 가져오자."

양예수가 이렇게 말하며 호랑이 등을 타자 호랑이는 쏜살같이 사신 일행이 있는 곳으로 달려갔다. 한편 사신 일행은 양예수가 없어진 것을 알고 한바탕 소란이 벌어졌다. 누군가 갑자기 배가 아파 의원을 찾았는데, 주변을 아무리 찾아도 없는 것이었다.

"대체 어디로 갔지?"

"글쎄, 소피를 보러 갔다가 길을 잃은 것은 아닐까?"

"무엇에 물려가지 않았는지도 몰라!"

"허어, 그렇다면 큰일인데."

사신 일행은 횃불을 밝히고 삼삼오오 짝을 지어 주변을 살피고 있었다. 이때 산 위에서 엄청난 속도로 무엇이 달려 내려왔다.

"으악!"

"호, 호랑이다!"

"어서 피해라!"

"모두 나무위로 도망쳐!"

누군가의 말을 따라 일행들은 재빨리 나무를 타고 올라갔다.

"어? 호랑이 등에 사람이 타고 있잖아?"

"양 의원이 맞지?"

"양 의원이 호랑이 등에서 내렸어."

"하나도 두려워하는 표정이 아닌데……."

"믿을 수 없는 일이야!"

"무엇을 찾고 있잖아!"

"양 의원이 염낭을 들고 다시 호랑이 등에 탔어!"

"세상에 어떻게 저런 일이……."

사신 일행들이 이렇게 떠들고 있을 때 호랑이는 양예수를 태우고 새끼들이 있는 곳으로 갔다.

"치료하는 순서를 눈여겨 봐 둬."

양예수는 염낭을 끄르고 환약을 꺼내며 호랑이를 향해 말했다.

"이렇게 하는 거야."

환약을 호랑이 새끼의 부러진 다리에 바르고, 그 위에 정성스럽게 송진을 발라주었다.

"알았는가?"

이 말에 호랑이는 고개를 끄덕였다.

"내가 환약을 여기에 놓고 갈 테니까 새끼가 나을 때까지 매일 이렇게 하게나."

염낭에서 환약을 여러 알 꺼내어 편편한 바위 위에 놓았다. 호랑이는 즉시 그 환약을 물고 굴속으로 들어갔다. 그리고 얼마 후에 나온 호랑이는 검고 작은 돌 하나를 양예수 앞에 놓았다.

"허, 고맙다는 인사로 나에게 주는 것인가?"

호랑이는 고개를 끄덕였다.

"허허, 고맙네."

양예수는 어처구니가 없어 픽 웃으면서 그 돌을 염낭 속에 넣었다. 하찮은 돌이지만 호랑이의 마음이 가상했던 것이다.

"이제는 나를 다시 데려다 줘야 하지 않겠나?"

호랑이는 즉시 엎드렸다.

"고맙네."

양예수는 새끼호랑이의 머리를 한 번 쓰다듬어 주고 호랑이의 등에 올라탔다. 사신 일행은 양예수가 호랑이를 타고 사라진 후 잠을 이루지 못하고 있었다.

"양 의원은 어떻게 됐을까?"

"아마 호랑이의 밥이 되었겠지!"

"어휴, 끔찍해라!"

모닥불 가에 앉아 이런저런 얘기를 하고 있는데, 또다시 호랑이가 바람처럼 나타나 우뚝 멈춰 섰다.

"으악!"

"헉!"

"호, 호랑이!"

"하하하……. 모두들 겁먹지 마시오."

양예수가 호탕하게 웃으며 호랑이 등에서 내렸다.

"양 의원이잖아!"

"그래, 양 의원이야!"

"세상에 호랑이를……."

양예수는 여유롭게 손을 들어 호랑이의 등을 쓸면서 말했다.

"이젠 가거나."

호랑이는 몇 번이나 고개를 숙여서 인사를 한 후에 왔던 곳으로 사라졌다.

"대체 어찌된 영문이오?"

"그 호랑이와는 잘 아는 사이오?"

일행들이 묻는 말에 양예수는 자초지종을 이야기해 주었다.

"허, 호랑이도 조선 최고의 명의를 알아봤군요?"

"양 의원이 너무 존경스럽소!"

마침내 사신 일행은 중국에 도착했다. 양예수는 줄곧 호랑이에게서 받은 작고 검은 돌이 궁금했다.

'그렇지! 무엇인지나 알아보자.'

보물 가게로 들어가 품속에서 돌을 꺼내 주인에게 보였다.

"어떻소?"

"허어……."

주인의 두 눈이 오리 알 만큼 커졌다. 그렇게 놀라는 것으로 보아 보통 귀한 보물은 아니라고 양예수는 확신했다.

"이것이 무엇인지 아시오?"

양예수는 주인의 안목을 시험하는 말투를 던졌다.

"알다 뿐입니까! 주천석(酒泉石)이 아닙니까?"

"그렇소, 주천석이오. 이제 보니 주인의 안목이 보통이 아니구려! 어디 무엇에 쓰는 지도 아시나 봅시다."

"헤헤, 어찌 모르겠습니까? 이 돌을 물에 담가 놓으면 그 물이 모조리 향기로운 술로 변하는 보물이 아닙니까?"

양예수는 회심의 미소를 지으며 그 돌을 품속에 넣었다.

"파신다면 값은 얼마든 달라는 대로 드리겠습니다."

"아니오, 팔 것이 아니요. 천만금을 준다한들 이 귀한 보물을 팔수가 있겠소? 지나가는 길에 보물 가게가 보이기에 특별히 한 번 구경시켜 드린 것이요."

양예수는 숙소로 돌아와 그 돌을 물에 담가 보았다.

과연 물은 향기롭고 맛이 기막히게 좋은 술로 변하여 있었다.

"하하, 내가 호랑이에게 천하에 둘도 없는 보물을 얻었구나!"

양예수는 이 주천석을 고이 간직하였고, 그로 인해 만들어진 술은 맛과 향이 뛰어나 칭찬하지 않는 사람이 없었다고 한다.

그런데 이 주천석을 임진왜란이 일어나서 피난을 가는 도중에 서울 근교에서 잃어버렸다고 전한다.

어느 분야에서든지 일가(一家)를 이룬 사람의 일생을 전하는 이야기는 흥미롭다. 여기에서 이야기의 진위에 관해서는 크게 문제 삼을 필요가 없다. 사후에 이야기가 꾸며지는 삶이야말로 가치 있는 삶이 아니겠는가!

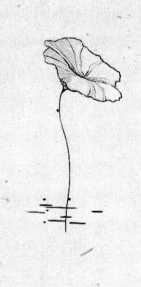

말세 우물

　한낮의 태양이 이글이글 타고 있었다. 용서할 수 없는 분노를 그렇게 폭발하고 있는 것일까? 조선 제 7대왕 세조(世祖)가 보위에 오른 후, 나라에는 크고 작은 이변이 끊이질 않았다. 엄청난 홍수가 계속되다가 이제는 이태 째 가뭄이 이어지고 있었다. 폭염은 숨 쉬는 것도 힘들게 했다. 짐승들도 밖에 나오지 못했다. 그런데 이렇게 무더운 더위에 마을로 들어서는 한 사람이 있었다. 허연 수염이 길게 자란 노승이었다.

　"휴, 목이 타는 듯 마르구나. 어디 우물이 없을까?"

　노승은 골목을 돌아다니면서 두리번거렸다.

"이상하군. 이 마을에는 공동 우물도 없나?"

하는 수 없어 어느 집 사립문을 열고 들어갔다.

"주인장 계십니까? 지나가는 객승이 목이 말라 물 한 그릇 얻어 마실까 해서 왔습니다."

툇마루에 앉아 열심히 부채질을 하고 있던 주인 아낙은 노승을 보자 급히 일어나 합장을 했다.

"죄송합니다, 스님! 지금은 길어다 놓은 물이 없습니다. 하지만 잠시 마루에 앉아 계십시오. 급히 가서 물을 길어 오겠습니다."

아낙은 물동이를 이고 밖으로 나갔다. 스님은 툇마루에 앉아 땀을 식히고 있었다. 그러나 물을 길러간 아낙은 한참이 지나도록 돌아오지 않았다.

"허어, 왜 이리 안 오시나!"

족히 두어 시간이 지났을 무렵, 아낙은 물동이를 이고 허겁지겁 돌아왔다. 걸음을 재촉했는지 온몸은 땀으로 멱을 감고 있었다.

"스님, 오래 기다리게 해서 죄송합니다."

아낙은 물을 그릇에 떠서 두 손으로 공손히 올렸다.

"고맙습니다."

시원한 물을 단숨에 마신 스님은 이렇게 물었다.

"거, 우물이 멀리 있나 보군요."

"예, 이 마을에는 샘이 없습니다. 여기서 한 십리쯤 떨어진 곳에 있는 샘물을 길어다 먹습니다."

"허, 그렇게 멀리……."

스님은 아낙의 마음씨에 감격했다. 무엇인가로 그 수고를 보답해 주고 싶었다. 사방을 유심히 둘러보던 스님은 짚고 있던 죽장으로 마당을 세 번 두들겨 보았다. 그리고 그 집을 나와 마을 구석구석을 살폈다. 그러다가 동네 한 복판에 이르러 걸음을 멈추고 땅을 두드려 본 스님은 이렇게 말했다.

"음, 여기로다."

스님은 아낙에게 마을 사람들을 불러오라고 했다. 잠시 후 마을 사람들이 모이자 이렇게 말했다.

"이 바위를 파보시오. 그러면 물이 나올 것이오. 이 물은 겨울이면 더운 물이 샘솟고, 여름이면 얼음처럼 시원한 물이 나올 것이외다. 그리고 아무리 가물어도 마르지 않고, 장마가 져도 넘치지 않을 것입니다."

엄숙하고 확신에 찬, 스님의 말에 동네 사람들은 곡
괭이로 바위를 파기 시작했다. 닷새가 지났다. 해질녘에
이르러 장정 한 명이 힘차게 곡괭이질을 하자 샘이 솟기
시작했다.

"물이다! 물이 나온다!"

장정이 외치는 소리에 마을 사람들은 모두가 눈을 휘
둥그레 뜨고 샘솟는 물을 바라보았다.

"세상에 우리 마을에 우물이 생기다니⋯⋯."

"이것이 꿈은 아니겠지?"

"그래, 믿을 수 없지만 사실일세."

그런 모습을 한동안 아무 말 없이 지켜보고만 있던
스님이 입을 열었다.

"여러분! 잠시 흥분을 자제하시고 소승의 말을 들어
보십시오."

마을 사람들이 잠잠해지기를 기다렸다가 스님은 말
을 이었다.

"앞으로 이 우물은 넘치거나 줄어드는 일이 좀처럼

없을 것입니다. 그러나 우물에 이상이 생기는 날에는 나라에 큰 변이 있을 것입니다."

스님은 허허롭게 웃으며 말을 이었다.

"너무 걱정할 일은 아니오. 여러분의 살아생전에 우물이 넘치는 일은 없을 것입니다. 그러나 우물이 세 번 넘치면 말세가 됩니다. 이 사실을 후손에게 전하여 변란에 대비하도록 하십시오."

이 말을 남긴 스님은 뒤도 돌아보지 않은 채 표연히 자취를 감췄다. 유수 같은 세월이 흐르면서 이 우물에 얽힌 이야기는 전설이 되었고, 사람들은 '말세우물'이라고 불렀다. 그러던 어느 날 새벽, 물을 길러 간 아낙 하나가 우물가에서 기절을 했다. 우물이 철철 넘치고 있었던 것이다.

"말세우물이 넘치고 있다!"

"말세우물이 넘치면 나라에 큰 변란이 있다고 했는데……."

"무서운 일이다."

"대체 무슨 일이 생길 것인가?"

인근 사람들은 두려움에 몸을 떨었다. 그로부터 며칠 후 왜구가 쳐들어 왔다는 소식이 전해졌다. 이 변란이 곧 임진왜란이었다. 또 한 번 이 우물이 넘친 것은 6·25 때였다. 그 비극의 날에도 우물은 새벽부터 철철 넘쳤다고 전한다.

아무 일 없이 정량을 유지한 채 조용히 샘솟고 있는 이 우물. 앞으로도 과연 또 넘칠 것인가? 그리고 스님의 예언대로 세상의 종말은 올 것인가? 말세 우물은 지금 충북 괴산군 증평읍 사곡리에 있다고 한다.

〰️ 사람이 죽음을 숙명으로 알고 죽는 날까지 부끄러움이 없는 삶을 살 수만 있다면 그것이 행복한 인생이며, 말세 같은 것을 걱정할 필요가 없는 것이다.

인과응보

"휴우……."

이 대감은 지그시 눈을 감으며 한숨을 내쉬었다.

약관(弱冠)의 나이로 벼슬길에 올라 오십이 다되도록 비교적 순탄한 벼슬살이를 했다. 비록 정승의 반열에는 오르지 못했지만, 육판서(六判書)를 두루 지냈다. 이조판서를 끝으로 관직을 내놓고 고향인 조치원(鳥致院)으로 낙향하여 책읽기로 소일한 지도 벌써 몇 해가 지났다. 나날이 몸은 늙어 가고, 집안에 우환이 겹쳐 가세도 하루가 다르게 기울었다.

"여봐라, 이리 오너라!"

"대감마님, 부르셨사옵니까?"

"……."

이 대감은 말없이 하인의 얼굴을 내려다보았다. 주인과 하인의 시선이 허공에서 마주쳤다.

'왜 아무 말씀이 없으실까?'

'내가 아침에 늦잠을 잔 것에 노하셨나?'

간밤에 돌쇠는 잠을 이루지 못하고 몸을 뒤척였다. 기울어지기만 하는 주인집의 가세가 걱정이 되어 그랬던 것인데, 새벽녘에야 잠이 들어 늦게 일어났던 것이다.

마흔을 넘긴 돌쇠는 천애고아(天涯孤兒)로 떠돌다가 어릴 때 이 집에 들어와 이 대감을 섬겼다. 그래서 돌쇠에게 있어서는 이 대감이 부모와 같은 어른이었다. 게다가 이 대감은 달래라는 예쁜 여종을 다른 대감 집에서 데려와 성혼까지 시켜주었다.

"한 번만 용서해 주십시오. 다시는……."

돌쇠는 용서를 구하면서 숙이고 있던 고개를 살며시 들었다.

"억!"

이 대감의 얼굴을 본 돌쇠는 깜짝 놀라 자기도 모르게 감탄사를 토했다. 이 대감의 눈에서는 뜨거운 눈물이 방울져 여윈 뺨을 타고 흘러내리고 있었던 것이다.

"잘 들어라."

"예, 대감마님."

돌쇠는 심상치 않은 기분을 느끼며 이 대감을 보았다.

"너도 이제 이 집에서 더 있을 생각 말고 나가서 살아 보아라."

"아니, 대감마님……."

돌쇠는 깜짝 놀라 이 대감을 보았다.

"놀라지 마라. 내가 남은 논마지기라도 팔아서 돈 천 냥을 마련해 줄 테니, 그걸 가지고 어디 좋은 곳에 가서 자리를 잡고 살도록 해라."

돌쇠는 털썩 땅바닥에 주저앉아 무릎을 꿇고 눈물을 흘리며 이 대감을 바라보았다.

"흑……." 대감마님, 소인은 어릴 적부터 이 집을 소인의 집이라 생각하고 살아왔습니다. 그리고 대감마님을 친부모 이상으로 생각하였습니다. 그런데 이 집을 떠나라니, 차라리 소인을 죽여주시옵소서. 으흐흑……."

돌쇠의 눈에서는 눈물이 비 오듯 했다. 그러나 한 번 정한 이 대감의 마음은 돌아서지 않았다. 돌쇠가 이 대감의 집을 떠나온 지도 어언 오 년 이라는 세월이 흘렀다. 이 대감이 마련해 준 천 냥으로 땅을 사서 초가삼간을 짓고, 약간의 땅마지기를 장만했다. 그러고도 얼마간의 돈이 남았다.

천성이 부지런한 돌쇠는 나머지 돈으로 술도가를 차렸다. 그것이 운이 트였던지 손님이 바글바글 끓어 불과 수년 이내에 만 냥이 넘는 재산을 모을 수 있었다. 남부러울 것이 없을 만큼 부자가 된 돌쇠는 항상 조치원에 있는 대감이 궁금했다.

"아무래도 내가 한 번 다녀와야 할 것 같소."

"그러십시오. 우리가 이렇게 사는 것은 모두 그 어르신의 덕택이 아닙니까?"

한편, 이 대감은 돌쇠가 집을 나간 후로 더욱 가세가

기울어져서 이제는 끼니를 걱정할 지경에 이르렀다. 게다가 병까지 얻어 자리를 보전하게 되었으니, 실로 딱한 처지에 놓여 있었다.

그러던 어느 날, 이 대감의 아들 석민(錫珉)이 아버지 머리맡에 조용히 꿇어앉았다. 학문에 재능이 없어 마흔이 훨씬 넘도록 벼슬길에 나가지 못했지만, 효성 하나는 지극했다. 그러던 차에 돌쇠의 소식을 들었다. 석민도 자기보다 두 살 아래인 돌쇠를 친동생처럼 아꼈었다.

'돌쇠에게 부탁하면…….'

심성이 착한 돌쇠가 절대로 모른 척하지는 않을 것이라는 생각이 들었다. 그러나 성품이 대쪽 같은 아버지가 허락할는지가 문제였다.

"아버지, 드릴 말씀이 있습니다."

석민은 조심스럽게 입을 열었다.

"저어 다름이 아니오라……."

"전에 우리 집에 있던 돌쇠가……."

"음, 어떻게 산다고 하더냐?"

"예, 아주 잘 살고 있다 하옵니다."

"그래, 그래야지."

"너 무슨 할 말이 있나 보구나?"

"저……."

"어서 해보아라."

"아버지께 말씀드리기는 죄송합니다만……. 한 번 돌쇠에게 찾아가서 약간이나마 도움을……."

"뭐, 돌쇠에게 도움을?"

이 대감은 아예 입을 다물어 버렸다. 눈을 질금 감고 세차게 도리질을 할 뿐이었다.

"어쩐단 말이냐!"

석민은 하늘을 바라보며 혼잣말로 중얼거렸다.

'무엇보다 사람의 목숨이 중요하다!'

석민은 어머니와 아내에게만 말을 하고 아버지 몰래 집을 나섰다.

여러 날 만에 해남 땅에 접어들었다. 험악한 우슬 재를 넘으니 사면이 산으로 둘러싸인 아늑한 고을이 나왔다.

"아름다운 곳이구나!"

해는 서산마루로 뉘엿뉘엿 숨어가고 있었다.

"돌쇠네 술도가가 어디에 있습니까?"

지나가는 사람에게 물으니, 친절하게 가르쳐 주었다.

마침내 돌쇠의 집 앞에 당도했다. 과연 듣던 바와 같이 좋은 집을 지어 놓고 살고 있었다.

"이 집 주인이 돌쇠, 아니 박 서방이 맞지요?"

"예, 그란디……."

"조치원에서 사람이 찾아왔다고 좀 전해 주십시오."

"아, 그렇다면 이 대감 댁……?"

똥배 사내는 환한 얼굴로 반문했다.

"그렇습니다."

"말씀은 많이 들었지라! 쪼깨 기다리시오."

똥배는 급히 안채로 들어갔다. 이윽고 돌쇠가 뛰어나왔다.

"아이쿠, 조치원 서방님이 아니십니까?"

"그렇지 않아도 소인이 한 번 올라가 대감마님께 인사 올리려고 했지만……. 차일피일 미루다가 오늘에 이르렀습니다. 그래, 대감마님께선 옥체만안 하신지요? 그리고 집안은……."

그렇지 않아도 석민이 말을 꺼내려고 기회를 엿보고 있는 참인데, 돌쇠가 먼저 물어 주니 고마운 일이었다.

"아버님은 병석에 누워 계시는데 집안 사정은……."

돌쇠는 자신도 모르게 혀를 차며 말을 이었다.

"집안 형편이 그렇게……? 그렇지 않아도 소인이 대감마님께 크게 입은 은혜를 조금이나마 갚으려고 항상 마음에 두고 있었는데, 이렇게 서방님께서 오셨으니 우선 소인이 받아가지고 온 돈 천 냥이나마 가지고 가십시오."

"별 말을 다 하시오. 내가 여기에 온 것은 그냥 다니러 온 것이지……."

석민은 그래도 양반의 체면이 있어서 이렇게 마음에도 없는 소리를 했다.

석민이 돌쇠의 집에 온 지도 벌써 닷새가 지났다. 돌쇠 부부의 대접은 어느 한구석 나무랄 데가 없었다.

그러나 석민의 마음은 편치 않았다. 일각이 여삼추 같아서 기름지고 영양가 있는 음식도 제 맛을 느낄 수 없었다.

'어서 준다는 천 냥을 주었으면…….'

"아니, 무슨 언짢은 일이라도 있으십니까?"

돌쇠의 물음에 석민은 '옳거니' 하면서 슬쩍 변죽을 울렸다.

"요새 아버지의 병환은 어떠하신지, 또 양식이나 떨어지지 않았는지 걱정이 되어서……."

"이왕에 오셨으니 며칠 푹 쉬었다가 가셨으면 소인의 마음이 편하겠습니다만……. 오래 머무를 처지가 못 되신다면 내일이라도 떠나십시오."

이 말에 석민은 귀가 확 뚫리는 느낌이었다.

이날 밤, 석민은 꿈을 꾸었다. 어디선가 말을 한 필 얻었는데, 그 말을 강물에 빠뜨리는 꿈이었다. 기분이 언짢았다.

아침상을 물리고 밖으로 나왔을 때, 지금까지는 없었던 말 한 필이 마당가 감나무에 매어져 있었다. 윤기가 자르르 흐르는 것으로 보아 꽤 좋은 말이었다.

'웬 말?'

석민이 의아한 생각이 들어 돌쇠를 보자, 그가 빙그레 웃으며 말했다.

"먼 길에 타고 가시라고 준비했습니다."

돌쇠는 방으로 들어가서 큼직한 전대(纏帶) 하나를 가지고 나왔다.

"아니, 그것이 무엇이오?"

돌쇠가 그 전대를 말 잔등에 싣는 것을 보고 석민은 능청스럽게 물었다.

"허허……. 얼마 안 되지만 대감마님 약값에 보태 쓰십시오. 소인이 속량되면서 받아 가지고 나왔던 천 냥이옵니다."

"알겠소. 그리고 너무 고맙소."

돌쇠 부부는 눈물까지 글썽이며 이별을 아쉬워했다.

돌쇠와 헤어진 후 이틀 만에 공주에 도착한 석민은 금강(錦江) 나루터로 말을 달렸다. 그런데 어디선가 석민의 고막을 어지럽게 울리는 소리가 들려왔다.

'무슨 소리지?'

석민은 눈을 크게 뜨고 천천히 말을 몰아 소리가 나

는 쪽으로 갔다. 얼마쯤 더 가니 강변 가까이에 나룻배
한 척이 떠 있는 것이 보였다.

"으흐흑……. 제가 먼저 죽는 것이……."

"아니다. 내가 먼저 죽어야만……."

'대체 무슨 일이지……?'

석민은 남의 일이지만 화들짝 놀라 급히 말을 달려 그쪽으로 다가가며 소리쳤다.

"여보시오! 제발 참으시오!"

석민은 한걸음 더 배가 있는 쪽으로 다가섰다.

"참견 말고 가라는데 왜 그러시오?"

노인의 목소리는 한탄과 짜증이 뒤섞여 있었다.

"인명은 재천이라 하지 않았습니까? 사람의 일이란 알 수 없는 일이니, 어서 전후 사정을 말씀해 보십시오. 이 사람에게 혹시 좋은 방도가 있을지 누가 알겠습니까?"

석민의 목소리는 정중하면서도 간절했다.

석민의 말에 노인은 고개를 저으며 눈물을 주르륵 흘렸다. 그러다가 한결 차분해진 음성으로 사연을 이야기했다.

"허, 그런 일이……."

"그, 그러니까……. 천 냥의 돈만 있으면 노인장의 자제분이 관에서 풀려나게 된다는 말씀이군요?"

"휴우, 그렇지요."

"천 냥만 있으면 목숨을 끊을 까닭도 없고요?"

"예."

"노인장, 이것을 받으십시오."

석민은 조금도 주저하지 않고 노인 앞에 전대를 풀어 놓았다.

"그, 그게 뭐요?"

노인의 눈이 휘둥그레졌다.

"하하……. 딱 천 냥입니다. 지체하지 마시고 어서 관가로 가서 이 돈으로 아드님을 구하십시오."

석민은 호기롭게 말하고 나서 손을 탁탁 털었다.

"그럼, 저는 이만……."

석민이 말에 오르려고 하자, 그때까지 넋을 놓고 있던 노인이 말고삐를 가로채며 말했다.

"아니, 세상에 이럴 수가 있소? 댁이 누구시기에 생면 부지의 이 늙은이에게 이렇게 막대한 돈을 준단 말씀이오?"

"보셔요! 어디에 사는 뉘신지 이름 석 자만이라도 가

르쳐 주십시요!"

젊은 여자가 허둥지둥 말을 따라 달려오며 외쳤다.
석민은 돌아보면서 빙그레 웃기만 하였다. 나룻배를 타
고 금강을 건너고 있는 석민은 마음이 한없이 흐뭇했다.
한 사람도 아닌 무려 네 사람의 목숨을 구한 자신이 그
렇게 대견할 수가 없었다. 그러나 그 흐뭇한 마음도 잠
깐이었다. 빈손으로 집에 돌아갈 생각을 하니 눈앞이 깜
깜해지는 것이었다. 아버지의 약은 무엇으로 짓고, 가족
들의 굶주림은 또 무슨 돈으로 해결한단 말인가!

'꿈자리가 이상하다 했더니······.'

지난 밤 꿈을 생각하니 묘하게 맞아떨어졌다.

'어쨌든 죽을 목숨은 구했으니······.'

스스로를 위안하며 모든 것을 잊으려고 했다. 그러나
노인이 했던 말이 귓전에 쟁쟁했다.

"내 아들은 공주감영에서 아전으로 일했소. 그런데
그놈이 노름에 빠져 공금(公金)을 무려 천 냥씩이나 없애
버렸소."

석민은 지그시 어금니를 깨물었다. 어차피 일을 저지

른 후였다. 아무리 후회한들 소용없는 일이었다.

'하늘이 시킨 일이다!'

집을 향하여 걸음을 옮기는 석민의 마음은 한없이 무거웠다. 집 앞에 도착했을 때는 해가 서산마루로 완전히 넘어간 후였다.

"소자 이제야 돌아왔습니다."

"그래, 잘 다녀왔느냐?"

"예."

"호랑이도 제 말하면 온다고 하더니, 그렇잖아도 네 아버지가 방금 네 말을 하셨다."

"참, 어머니, 아버지의 병환은 좀……."

석민은 흘깃 방문을 쳐다본 후에 목소리를 낮추어 물었다.

"그래, 신기하게도 많이 좋아지셨단다."

"신기하게도요?"

석민은 그 말뜻을 알아듣지 못하고 반문했다.

"그래, 어제 새벽까지만 해도 정신을 차리시지 못하더니, 아침나절에 갑자기 일어나 음식도 잘 드시고 기력을 회복하지 않았겠니, 참 이상하기도 하지."

"어제 아침나절에……."

어제 아침나절이라면, 자신이 천 냥을 주어 네 목숨을 구해준 바로 그 무렵이었다.

'하늘이 도우심인가!'

석민은 이런 생각을 떨칠 수가 없었다.

"애야, 뭘 하고 있니? 어서 들어가 아버지께 인사드리지 않고."

"예, 예."

석민은 불안한 마음으로 방으로 들어가 아버지의 기색을 살피며 절을 했다.

"아버지, 그간 안녕하셨습니까?"

"오냐, 그런데 왜 이리 늦었느냐?"

"초행길인데다가 오가는 시간이 많이 걸렸습니다. 그리고 박 서방 내외가 하도 대접을 잘해 주어서 그만 여러 날 묵었습니다."

"그래, 그들은 잘 살고 있더냐?"

"예."

석민은 아까부터 망설이고 있었다. 돌쇠가 천 냥을 준 것에 대하여 어떻게 말씀을 드려야 할지 생각을 거듭하고 있었다.

'돌쇠의 간절한 마음을 숨겨서는 안 된다.'

이렇게 생각한 석민은 조심스럽게 돌쇠가 준 천 냥을 금강에서 만난 사람에게 준 사실을 이야기했다.

"흠, 그런 일이 있었구나!"

"소자가 철없는 짓을 하였습니다."

석민의 이 말에 아버지는 고개를 절레절레 흔들며 입을 열었다.

"아니다. 그 돈으로 사람 목숨을 구한 것은 잘한 일이다. 만일 네가 그 돈을 그냥 가져왔다면 애비가 크게 꾸짖었을 것이다. 그리고 너의 그런 선행으로 말미암아 죽을 뻔한 애비 목숨을 부지할 수 있었다는 생각이 드는구나."

이 대감은 잠시 말을 끊었다가 헛기침을 한 번하고 말을 이었다.

"세상에는 인과응보(因果應報)라는 것이 있어서 좋은

일에는 반드시 좋은 결과가 따르는 법이다."

그동안 석민의 살림 형편도 많이 퍼졌다. 양반의 체면을 버리고 저자에 점포를 열고 인삼 장사를 시작하여 어느 정도 기반을 잡아가고 있는 터였다. 그런데 덜컥 아버지가 병석에 누우니 마음이 안타깝기가 이루 말할 수 없었다.

'이제야 자식 된 도리를 좀 하겠거니 했는데…….'

석민은 잠든 아버지의 황갈색 얼굴을 물끄러미 내려다보았다. 깡마른 얼굴 군데군데 보기에도 흉한 저승꽃이 피어 있었다.

'이제는 정말 가실 때가 다 되었구나!'

아버지의 죽음을 예감하자 눈물이 핑 돌았다. 며칠 후, 석민은 소문난 지관 신두병(申斗柄)을 앞세우고 구산(求山)의 길을 나섰다. 그럴듯한 산을 이리저리 넘어 다니면서 사흘 동안이나 유심히 살폈다. 들 근처의 나지막한 산에 이르렀을 때, 저쪽 산기슭에 외롭게 있는 주막이 보였다.

"저기 주막이 보입니다."

석민은 이렇게 말하며 신두병을 보았다. 그런데 신두병은 몇 걸음 뒤에서 유심히 지형을 살피고 있었다.

"어르신, 대체 왜 그러십니까?"

"바로 찾았어!"

"예?"

"아버님이 쉬실 좋은 자리를 찾았어."

호기롭게 말을 하던 신두병의 얼굴이 갑자기 굳어졌다.

"아뿔싸!"

느닷없이 토해내는 한탄에 석민은 가슴이 철렁 내려앉았다.

"아니, 무엇이 잘못 되었습니까?"

"그래, 하필이면 그 자리가 바로 저기 보이는 주막의 뒤뜰일세. 저 집에서 과연 그 자리를 허락해 줄지……."

"잘 될지는 모르지만 어디 한 번 가보세."

그리하여 두 사람은 걸음을 재촉하여 주막으로 갔다.

석민은 말을 꺼내는 것이 두려웠다. 섣불리 말을 꺼

냈다가 거절이라도 당하면 어쩔까, 그것이 두려웠던 것이다.

"여보, 주모!"

석민의 이런 마음도 모르고 신두병은 호기롭게 주모를 불렀다.

"부르셨습니까, 손님!"

"예, 좀 들어오십시오."

신두병의 이 말을 급히 석민이 가로막았다.

"아, 아닙니다. 술이나 한상 차려 주시오."

"허, 이 사람이 왜 이러나?"

"목부터 축이는 것이 좋겠습니다."

"망설일 것이 뭐 있겠나?"

"그래두요."

두 사람의 작은 실랑이질을 본 주모는 손으로 입을 가리고 작은 소리로 웃었다.

"안주는 무얼 하시렵니까?"

"예, 아무거나 맛있는 것으로 주시오."

"흑산도 홍어회가 있습니다만……."

"그것이 좋겠소."

"잠시만 기다려……."

주모는 갑자기 말을 뚝 멈추고 무엇에 놀랐는지 눈을 크게 떴다. 석민은 재빨리 뒤를 돌아다보았다. 쥐라도 나와 그렇게 놀란 줄로 알았는데, 쥐가 나온 것은 아니었다.

'엉? 나를 보고 있잖아!'

주모는 분명히 자신의 얼굴을 뚫어져라 바라보고 있었다. 석민은 자기의 속마음을 들킨 것 같아서 흠칫했다. '왜 그렇게 보느냐'고 묻고 싶은 마음이 굴뚝같았지만, 그 말이 나오지 않았다.

"음……."

석민은 배고픈 것도 잊고 주모의 놀란 눈이 무엇을 의미 하는가를 생각하고 있었다. 이윽고 '삐꺽' 소리를 내며 조심스럽게 방문이 열렸다. 그런데 두 사람의 하녀가 양쪽에서 끙끙대며 들고 있는 상은 어마어마한 진수성찬이었다.

"어?"

석민과 신두병의 눈이 일시에 휘둥그레졌다.

"우리가 시킨 음식이 아니래도……."

석민의 말에 하녀 한 사람이 빙그레 웃으며 말했다.

"오늘은 손님들밖에 들지 않았습니다."

"뭐라고요?"

"호호, 주인께서 곧 오실 것입니다."

이런 말을 하고 있을 때, 밖에서 인기척이 들리더니 조심스럽게 방문이 열렸다. 옷을 곱게 차려입은 주모였다.

"어르신, 쇤네를 모르시겠습니까? 지금으로부터 다섯 해 전에 금강나루에서 어르신의 홍은(鴻恩)을 입었던 바로 그 여인이옵니다."

"다섯 해 전, 금강나루……?"

"글쎄요, 잘 생각이 안 나는군요."

"그러시면 쇤네가 말씀을 드리겠습니다. 저의 남편은 노름으로 천 냥의 공금을 탕진하고 효수를 당할 운명에 처해 있었습니다. 그 절망적인 상황에서 쇤네의 시부모님과 저는 금강에 빠져 죽으려 하고 있었습니다. 그때 어르신께서 그곳을 지나가시다가……."

여기까지 들은 석민은 무릎을 치면서 주모의 말허리를 끊었다.

"아하! 이제야 생각이 납니다. 그런 일이 있었지요. 그날 무사히 남편은 구하셨소?"

"어르신 덕분에……."

"그렇다면 다행이오. 참, 노인장과 부군(夫君)께서는 잘 지내고 있는지요?"

"모두 이 세상 사람들이 아닙니다."

주모는 쓸쓸하게 말했다.

"허, 어쩌다가 모두가 다……."

석민과 주모의 이야기를 듣고 자초지종을 알게 된 신두병은 회심의 미소를 감추지 않고 맘껏 술과 음식을 들었다. 주모의 이야기는 이러했다. 천 냥을 내고 옥에서 풀려나온 주모의 남편은 노름 버릇을 버리지 못했다. 그러나 이상하게도 투전을 했다하면 따고 해서 일 년 만에 큰돈을 벌었다. 그 돈으로 많은 땅을 사서 농사를 지었는데, 매 년 풍년이 들어 수천 석을 추수하는 갑부가 되었다. 그러나 일 년 전, 남편은 갑작스런 병으로 세상을 떠났는데 유언으로 남긴 말이 자기의 은인을 찾아 은혜를 갚으라는 말이었다고 했다.

"쉰네의 남편이 세상을 떠난 지 얼마 안 되어 시부모님마저 차례차례 저승길로 떠났습니다. 두 분께서도 눈을 감으시면서 하신 말씀이 남편의 유언과 같았습니다."

주모는 석민에게 술을 한 잔 권하고 나서 다시 말을 이었다.

"그 후, 쉰네는 어르신을 찾으려고 백방으로 노력을 했답니다.

"허어, 참! 정말 기이하고도 아름다운 이야기일세."

신두병은 부러운 눈으로 석민과 주모를 번갈아 보았다. 그러다가 주저하지 않고 묏자리 문제를 말했다. 그러자 주모가 반색을 하며 물었다.

"정말 이 집 뒤뜰이 어르신께서 찾는 자리입니까?"

"그, 그렇다고 하더군요."

석민이 어정쩡하게 대답했다.

"그렇다면 정말 잘 됐습니다."

"예?"

"아무 염려 마시고 묏자리로 쓰십시오."

"그, 그게 정말이십니까?"

"쇤네가 감히 어르신께 거짓을 아뢰겠습니까? 그리고 이렇게 뵙게 되었으니 시부모님과 남편의 유언을 받들어서 저의 집 재산을 반분하여 올리겠습니다."

"……."

석민은 한없이 벅차오르는 감동을 억누를 길이 없어 지그시 눈을 감았다. 돌쇠를 찾아갔던 일, 오면서 우연히 네 사람의 목숨을 구했던 일, 때맞추어 아버지의 병환이 씻은 듯이 나았던 일들이 주마등처럼 뇌리를 스치며 지나가고 있었다.

돌쇠는 이 대감의 은혜를 잊지 않았기에 그로부터 '의리의 사나이 돌쇠'라는 미칭(美稱)으로 불리게 되었다.

이 대감과 그의 아들 석민은 진심으로 베푸는 삶을 살았기에 좋은 과보(果報)를 받은 것이다. 이렇듯 스스로 지은 일에 대해서는 반드시 그에 상응한 결과를 받는 날이 있는 것이다.

기상천외한 과거(科擧)

조선 제19대 왕 숙종(肅宗)은 본디 성품이 어질고 총명하여 성군의 자질을 갖춘 군주였다. 숙종 16년(1690) 6월, 그는 원자를 세자로 책봉하고 나서 그 해 10월에 희빈 장씨를 왕비로 맞아들였다. 조정에서는 곧 왕비를 맞아들인 기념으로 과거(科擧)를 선포했다.

이 과거에 응시한 선비 중에 이권식(李權植)이란 늙은 선비가 있었다. 그는 충청도 진천(鎭川) 사람으로, 뼈대 있는 경주 이 씨(慶州 李 氏) 가문의 후손이었다. 숙종은 과거가 있을 때마다 친히 과시 장에 나가 과거에 응하는 선비들의 모습을 보는 것을 즐겼다. 이날도 과장에 거동하여 열심히 글을 짓는 선비들을 돌아보았다.

'허, 저 선비가 또 왔구나!'

천천히 과장을 살피던 왕의 용안이 이권식의 얼굴을 보는 순간 멈추더니 좀처럼 움직일 줄을 몰랐다. 숙종이 등극하여 16년 동안 정과(正科) 다섯 번과 별과(別科) 다섯 번을 합쳐 지금까지 열 번의 과거를 시행했는데, 그때마다 이권식은 한 번도 빠짐없이 응시했기 때문에 왕의 눈에 익은 것이다.

'저 정도의 지극정성이면 과거에 합격 할만도 하련만……'

이렇게 생각한 숙종은 그 선비가 시관 앞에 제출한 문장을 가져오게 하여 열람하였다. 그 선비의 필적은 보기 드문 명필인데다가 문장도 썩 훌륭했다. 하지만 관운이 없음인지 꼭 한 구절이 틀려서 이번에도 낙방하고 말았다.

"끌끌, 애석하도다!"

이렇게 혼자말로 중얼거린 숙종은 문득 무슨 생각을 했는지 급히 편전(便殿)으로 들어갔다. 잠시 후 과장으로 다시 나온 왕의 차림새는 여느 선비와 다름이 없었다. 익선관과 곤룡포를 벗고 미복으로 갈아입은 숙종을 어느 누구도 지엄하신 왕으로 알아보지 못했다. 선비로 변장한 숙종은 슬쩍 이권식의 곁으로 다가가서 시치미를 뚝 떼고 물었다.

"어떻게 됐습니까? 장원급제를 하셨습니까?"

이 말에 이권식은 씁쓸하게 웃으며 힘없이 고개를 저었다.

"아닙니다. 또 낙방을 했습니다."

"허, 그것 참 안 됐소이다. 몇 번이나 보셨소?"

"예, 이번이 꼭 열 번째 낙방입니다."

"허, 그것 참 대단한 집념이신데, 운이 너무 없으셨나 봅니다."

"부끄럽기 짝이 없습니다."

숙종은 이권식의 정직하고 겸손한 성품에 더욱 호감을 느꼈다.

"이보시오, 선비님!"

"왜 그러십니까?"

"과거를 이뤄 벼슬길을 얻는 것이 그렇게도 소원입니까?"

"선비치고 누구 하나 그런 꿈을 갖지 않겠습니까? 나는 선비 가문에 태어난 덕에 어려서부터 지금까지 줄곧 학문을 배우고 익혔습니다. 학문을 깨우친 선비의 도리가 무엇이겠습니까? 그 학문을 유효적절하게 이용해서 나라와 백성을 위해 쓰는 것이 아니겠습니까?"

이 말을 들은 숙종은 그의 얼굴과 태도에서 굳은 의지와 지조를 발견했다.

"허, 그렇소이까? 그런 마음가짐이라면 머잖아 뜻을 이루실 수 있으리라 생각됩니다."

"말씀만이라도 고맙습니다."

숙종은 이권식을 사람들의 귀가 미치지 않는 한적한 곳으로 데려갔다.

"왜 이러십니까? 무슨 하실 말씀이라도……?"

"예, 목소리를 낮추시고 잘 들으십시오."

숙종은 속삭이듯 말을 이었다.

"이 사람의 집안 아저씨 한 분이 시관 자리에 있소이

다. 좀 전에 그분께 들었는데, 이번 과거에 장원도 급제도 해당자가 없다고 하더이다. 그래서 앞으로 석 달 후에 다시 별과를 베푼다는 말을 들었소이다."

"아니, 그게 정말입니까?"

"그렇소이다. 그런데 그 별과의 과제(科題)가 너무 독특하여 지금까지는 한 번도 시행되지 않았던 방법이라 하더이다."

"금시초문 입니다. 그런데 한 번도 시행되지 않는 독특한 방법으로 별과를 시행한단 말씀입니까?"

"그렇다고 하더이다."

"허, 알쏭달쏭합니다. 대체 그 독특한 방법이란 것이 무엇입니까?"

숙종은 더욱 목소리를 낮추어 이렇게 말했다.

"제가 선비님에게만 귀띔해 드리리다. 이번에는 운자(韻字)를 내어 글을 짓게 하는 것이 아니라, 서른 자 정도의 높이에 글자 한 자를 매달아 놓고 무슨 자냐고 묻는다고 합니다. 그러니 천리안(千里眼)을 가지고 있지 않는 이상 누가 그 문제를 풀겠습니까!"

"허어 그것 참, 정말 그렇겠습니다. 나 같은 사람은 그 별과에 아예 응시할 생각도 말아야 하겠습니다."

"아닙니다. 선비님께서는 꼭 그 별과에 응시 하십시오."

"그건 또 어인 말씀입니까?"

이권식의 눈이 휘둥그레졌다.

"내가 듣자하니 그 글자는……."

숙종이 말꼬리를 흐리자 이권식이 다급한 목소리로 물었다.

"무슨 자라고 합디까?"

"예, 골 구(區)변에다가 새 조(鳥)자가 붙는 갈매기 구(鷗)자라 하더이다."

"갈매기 구자가 서른 자 높이에 달려 있단 말씀입니까? 믿을 수가 없군요."

숙종은 이권식의 손을 덥석 잡으며 단호하게 말했다.

"믿으십시오. 내가 비록 아는 바는 없으나 삼정승 육판서(三政丞 六判書)가 나와 절친하게 지내는 관계요. 그들을 통해 들은 소리이니 결코 헛된 말이 아닌 것은 분명하외다. 그러니 별과가 떨어지면 꼭 응하서서 갈매기 구자를 말하도록 하시오."

"……."

이권식은 꿈을 꾸는 듯한 기분이 되어 상대방을 물끄러미 보았다. 옥골선풍을 지닌 풍모를 보아하니 예사 인물은 아닌 것 같았다.

"고맙습니다. 이렇게 친절하게 그 귀한 정보를 주서서……."

이권식은 정중히 고마움을 표시하고 발길을 돌렸다.

"갈매기 구, 갈매기 구……."

이권식은 고향으로 돌아오면서 혀가 닳도록 갈매기 구자만을 외웠다. 그러다보니 지나가도 갈매기 구, 꿈결에도 갈매기 구, 밥을 먹다가도 갈매기 구가 불쑥불쑥 튀어나올 지경이 되었다.

그러는 동안 많은 날이 훌쩍 흘렀다.

'과연 별과가 치뤄질까?'

이권식이 의아심을 품고 있을 때, 거짓말처럼 별과가 선포되었다.

"허, 그것 참! 그 양반이 예사롭지 않아 보이기는 했지만, 정말로 이럴 줄은……."

그래서 여장을 꾸려 발걸음도 가볍게 한양을 향해 걸음을 옮겼다.

"갈매기 구, 갈매기 구……."

과거 당일이 되자 그는 서둘러 아침을 먹고 과거장으로 나갔다.

"으잉? 과장에 왜 이리 사람이 없지?"

그는 자신의 눈을 의심하며 과장을 둘러보았다. 고작 몇 십 명의 과객들이 모여 있을 뿐이었다. 이권식의 번호는 총 응시자 칠십 오 명 중 칠십 삼 번 이었다. 그 뒤로 젊은 선비 두 사람이 더 있을 뿐이었다. 과거는 빠르게 진행되었다. 호명을 받고 안으로 들어간 사람은 곧 고개를 절레절레 흔들며 밖으로 나왔다.

'갈매기 구, 갈매기 구…….'

이권식은 마음속으로 이렇게 외우면서 자기 차례를 기다렸다. 이윽고 그의 차례가 되었다.

"다음은 충청도 진천 골, 칠십삼 번 이권식!"

"예!"

그는 크게 대답하고 안으로 들어갔다. 그 안은 곧 궁궐이었다. 으리으리한 배경을 뒤로 하고 임금이 높다란 용상에 근엄하게 앉아 있었고, 그 앞에 시관들이 늘어서 있었다. 그리고 저만치 떨어진 곳에서 두 명의 내관이 기다란 장대를 세워놓고 잡고 있었다.

"저 장대 끝에 걸린 자가 무슨 자인고?"

시관이 장대 끝을 손가락으로 가리키며 물었다. 이권식은 석 달 동안 갈매기 구자를 읊고 썼다. 자기의 차례를 기다리는 동안에도 수없이 그것을 생각하고 읊었다. 그런데 이것이 웬일인가! 막상 질문을 받고 보니 머리에서 가물가물할 뿐 그 글자가 떠오르지 않다. '구, 구, 구'자만 입안에서 맴돌 뿐 그 이상은 아무것도 생각나지 않았다.

시간이 한참이나 흘렀다. 용상에 앉아 이권식을 내려다보고 있던 숙종은 마음이 답답해졌다.

'너무 긴장하여 글자를 잊어버렸단 말인가!'

이렇게 생각한 숙종은 별안간 내관을 불렀다.

"여봐라 내관!"

"예이!"

"즉시 편전에 있는 병풍을 가져오너라."

"예이!"

내관이 병풍을 가져오자 왕은 용상 바로 뒤에 치게
했다. 그 병풍의 좌우 양쪽에는 큰 갈매기가 한 마리씩
그려져 있었다.

"어흠!"

숙종은 어수로 병풍을 똑똑똑 계속 두들겼다. 병풍의
갈매기를 보고 기억을 일깨우라는 배려임이 두말할 나
위가 없었다. 그러나 이권식은 어전임을 아는 지라 감히
고개를 들지 못했다.

"어서 무슨 글자인지 말하라!"

시관이 대답을 재촉하자 이권식의 마음은 더욱 조급
해졌다.

"어흠!"

임금의 기침소리는 잦아지고 병풍 두드리는 소리는
점차 커졌다.

'어휴, 그게 구는 구인데…….'

이권식은 안타깝게 기억을 되살리려 하다가 곁눈으로 흘끔 용상을 우러러 보았다.

'세상에…….'

그렇게 임금의 용안을 확인한 이권식은 까무러칠 정도로 놀랐다. 석 달 전 자기에게 별과(別科)령이 내릴 것을 일러주고, 그 내용까지 귀띔해준 이가 바로 지엄하신 상감마마가 아닌가!

'그렇다면……. 이 번 별과가 하찮은 나를 위하여 특별히 준비한 것이란 말인가! 그런데, 그런데…….'

이권식은 임금의 하해와 같은 은혜에 보답하는 길은 오로지 장원하는 것이라고 생각하고 더욱 열심히 기억을 떠올리려고 노력했다.

"어흠!"

임금은 헛기침을 연발하며 더욱 크게 병풍을 두드렸다. 그 소리가 이권식의 귀에 '똑똑! 똑똑' 하고 들렸다.

'상감마마께서 병풍을 두드리시는 것은 이 미련한 놈을 일깨워주기 위해서일 것이다. 똑똑 소리가 나는 것을 보니…….'

이렇게 생각한 이권식은 마침내 입을 열었다.

"똑똑이 구자입니다!"

"틀렸으니 썩 물러 가거라!"

이권식은 송구스럽고 절망적인 생각이 들어 슬쩍 상감을 보았다. 역시 상감의 용안은 실망의 빛이 완연했다.

'천하에 미련한 놈!'

이권식은 스스로를 꾸짖으며 힘없이 밖으로 물러나왔다. 그런데 대궐문을 막 나오는 순간 퍼뜩 그 글자가 머리에 떠올랐다.

"아차, 갈매기 구!"

그러나 때는 이미 늦었다. 이권식이 뼈저리게 후회하며 밖으로 나왔을 때 다음 사람이 호명을 받고 안으로 들어가고 있었다. 이젠 그 사람 뒤로 마지막 한 사람이 남아 있을 뿐이었다. 이권식은 홀로 남아 차례를 기다리고 있는 선비를 물끄러미 보았다. 매우 선량해 보이는 인상의 선비였다.

'그렇다! 나는 비록 낙방을 했지만 저 선비라도 장원

을 시켜 상감의 크신 은혜에 보답하는 것이 좋겠다.'

이렇게 생각한 이권식은 그 선비 곁으로 다가갔다.

"우리 수인사나 합시다."

"예, 그럽시다."

"나는 충청도 진천 골에 사는 이권식이라는 사람입니다."

"아 예, 저와 동향이시군요. 저는 충청도 홍주 골에 사는 박성주라고 합니다."

"박 선비께선 맨 마지막이신데, 심정이 어떻습니까?"

"글쎄요? 모두 다 낙방을 했는데⋯⋯."

박성주가 자신 없게 말하자 이권식이 입을 열었다.

"지금부터 내가 하는 말을 잘 듣고 그대로 대답하십시오. 그러면 장원급제는 문제없을 것입니다."

"허, 선비님께서 그런 방법을 다 알고 계십니까?"

"그렇습니다. 안으로 들어가시면 시관이 장대 끝에 매달린 글자가 무슨 자인가를 물을 것입니다."

"저도 앞의 사람들에게 들어서 잘 알고 있습니다. 그런데 글자는커녕 아무것도 보이지 않는다고 하더군요."

"예, 맞습니다. 그러니 무슨 자냐고 물으면 무조건 갈매기 구자라고 하십시오."

"정말 그렇게 하면 장원을 할 수 있단 말씀입니까?"

"예, 그렇습니다."

"그럼, 선비님께선 장원하셨습니까?"

이권식은 씁쓸하게 웃으며 고개를 저었다.

"아닙니다. 이 사람은 낙방했습니다."

박성주는 깜짝 놀라 눈을 크게 떴다.

"선비님께서 문제를 알고 계시면서 일부러 낙방을 했단 말씀입니까? 그리고 생면부지의 저에게 장원의 영광을 넘기시다니요……?"

이권식은 솔직히 자초지종을 이야기했다.

"아아! 세상에 어찌 그런 일이……. 아무튼 고맙습니다. 이 은혜는 평생토록 잊지 않겠습니다."

잠시 후 칠십 오번 박성주는 호명을 받고 안으로 들어갔다. 그리고 시관이 묻는 말에 이권식이 일러준 대로 대답했다.

"장원이요!"

이 소리와 함께 장원을 축하하는 풍악이 일제히 울렸다. 박성주는 감격으로 가슴이 마구 울렁거렸다. 생각해 보니 이 행운은 우연히 굴러들어온 횡재였다.

'이선비의 행운을 내가 가로챈 것이 아닌가!'

박성주는 한없이 기쁘면서도 한편으로는 마음이 무거웠다. 그런데 퍼뜩 뇌리를 스치는 생각이 있었다.

'그렇다!'

박성주는 정색을 하고 시관을 바라보았다.

"시관께 아뢰올 말씀이 있습니다."

"무슨 말이오?"

"제가 갈매기 구자라고 말씀드렸지요?"

"그렇소. 그러기에 장원한 것이 아니요."

시관이 영문을 모르겠다는 표정을 짓자 박성주는 다소 목청을 높여 이렇게 말했다.

"예, 실은 그 자가 갈매기 구임에는 틀림이 없습니다. 하오나 세간에서 백성들은 '똑똑이 구'라고도 합니다."

"뭐요? 갈매기 구를 '똑똑이 구'라고도 한단 말이오?"

"그렇습니다."

박성주는 이선비가 당황한 끝에 '똑똑이 구'라고 잘못 말해 낙방했다는 사실을 상기하고 이렇게 말한 것이었다.

　'그렇다면…….'

　이 말에 시관은 좀 당황했다. 칠십 삼번 응시생이 '똑똑이 구'라고 말했기 때문이었다.

　'갈매기 구'를 '똑똑이 구'라고도 한단 말인가? 그게 사실이라면 내가 맞은 것을 틀렸다고 낙방시킨 것이 되는데…….'

　시관은 안색이 창백해져서 임금의 눈치를 살폈다. 한편 숙종은 오직 이권식을 위해서 별과를 베풀었는데, 엉뚱한 선비가 장원하는 바람에 이만저만 실망한 것이 아니었다. 그런데 이 소리가 들리자 여간 반가운 것이 아니었다.

　"시관은 들으시오!"

　"예, 마마."

　"경은 시관의 자격으로 그 글자에 다른 뜻이 있었다는 것도 몰랐단 말이오?"

"황공하옵니다! 마마."

"어서 '똑똑이 구'라고 했던 그 선비를 데려오도록 하시오."

"예, 분부대로 거행하겠습니다."

그리하여 이권식과 박성주는 동시에 장원하여 벼슬길에 올랐다. 그리고 두 사람의 신의는 죽을 때까지 변함이 없었다.

세상에는 인간이 알 수 없는 일이 반드시 존재한다. 그것을 어떻게 표현해도 아무 상관이 없다. 행운이 따른다고 해도 좋고, 신(神)이 도운다고 해도 무방하다. 그러나 인간은 스스로의 의지에 따라 살아야 하는 존재이다.

스스로의 행위에 책임을 지고, 결과는 알 수 없는 그 힘에 맡기는 것이 바람직한 인생관일 것이다. 마음이 바르고 너그러운 사람은 반드시 그 끝이 좋다.

제5장
인생의 향기

귀 씻은 물

　중국 허난 성(河南省) 잉수(穎水) 근처에 허유(許由)라는 선비가 살고 있었다. 그는 세속적인 욕심이 전혀 없고 덕이 높아 명망이 높았다.

　요(堯) 임금에게는 단주(丹朱)라는 아들이 있었지만, 몹시 어리석어 임금의 재목이 아니었다.

　그래서 요 임금은 덕이 높고 어진 허유에게 양위하려고 사신을 보냈다.

　"세상에 나오셔서 백성을 다스려 주옵소서."

　이 말을 들은 허유는 황급히 영천(潁川)으로 달려가 귀를 씻었다.

"아니, 왜 귀를 씻으십니까?"

사신이 따라와서 묻자 허유는 퉁명스럽게 말했다.

"나는 오늘 차마 들어서는 안 될 더러운 말을 들었어. 그래서 더러워진 귀를 씻는 게요."

"예······?"

사신은 너무 뜻밖의 말에 얼이 반쯤 빠진 눈으로 허유를 바라보고만 있었다. 이때 소보(巢父)라는 사람이 소에게 물을 먹이려고 강가로 왔다가 허유를 보고 물었다.

"왜 귀를 씻고 계십니까?"

"허 참! 글쎄 나에게 임금을 하라고 하지 않소? 그런 불미스런 소리를 들은 귀를 씻지 않고 어떻게 견디겠소?"

허유의 이 말에 소보는 안도의 한숨을 크게 쉬며 이렇게 말했다.

"휴우, 큰일 날 뻔 했소. 그런 더러운 귀를 씻은 물을 우리 소에게 먹일 뻔 했으니 말이오."

소보는 소에게 물을 먹이지도 않고 자꾸만 위쪽으

로 올라갔고, 허유는 기산(箕山)에 들어가 숨었다.

숙종(肅宗)때 황해도 해주(海州) 땅에 전만거(田
滿車)라는 선비가 살았다. 그는 학처럼 고고한 성품
의 소유자였다. 세상사의 덧없음을 알고 일찍이 아내
와 함께 세속을 떠나 수양산(首陽山) 아래에 은거했
다. 낮에는 밭을 갈고, 밤으로 독서를 하며 고희(古
稀)가 지나도록 욕심 없이 살았다.

그래서 사람들은 그가 학식이 높고 어진 선비인 줄
을 알지 못했다.

숙종 25년(1699), 나라에 크게 흉년이 들어 조정에
서 청나라에 구호를 청하였다. 그러자 청나라에서는
산동에서 배를 띄워 곡식을 실어다가 이재민을 구제
하였다.

이때 전만거는, 전조(前朝) 때 청나라에 당한 치욕
을 생각하고, 다음과 같은 시를 지어 그 곡식을 사양
하였다.

聞道燕山粟 東輪二萬斛

莫貸海西民 首陽薇蕨綠

내 들으니 청나라의 곡식을

동쪽으로 실어온 것이 2만 석

그것을 해서 백성들에게 꾸어주지 말라

수양산 고사리가 푸르지 않은가.

이 시가 세상에 알려지자 동방의 백이(伯夷), 숙제 (叔齊)가 나왔다고 하여 사람들이 그를 찾아 수양산 으로 몰려들었다.

그러자 전만거는 다음과 같은 시를 남기고 아내와 함께 홀연히 어디론가 사라져 버렸다.

我本清寒有一牛 輟耕閑放峽中秋

騎來不向人間路 恐飲富年洙耳流

나는 본디 청빈한데 밭가는 소 한 마리가 유일하게 있네. 밭을 갈다가 중추에는 소를 산골짜기에 놓아 주 었네. 소를 타고 인간이 있는 곳에 가지 않는 것은 그

소가 혹 귀를 씻은 물을 먹지나 않을까 두려워함이로
다.

　　인간은 저마다 가치 실현을 통하여 행복을 추구하는 존재이
다. 거기에서 생겨나는 것이 욕심이라는 이름의 아귀이다. 이 아귀
는 항상 굶주려 있다. 때문에 바다는 메울 수가 있어도 이 아귀를
마음에 키우는 인간의 욕심은 채울 수가 없다.

　　본디 행복은 물질에 있는 것이 아니라 정신의 영역에 속해 있
다. 그런데도 어리석은 인간들은 물질적인 것에 있다고 철썩 같이
믿으며, 그것을 쫓기에 혈안이 되어 있다. 항상 불만족한 부자와 만
족하는 빈자, 누가 더 행복한 사람일까? 나는 후자를 택하고 싶다.

곽효자

암행어사로 유명한 박문수는 조선의 문신으로 자는 성보, 호는 기은이다. 그는 1723년(경종3년)에 병과로 급제하여 사관이 된 이후로 병조판서 어영대장 등의 많은 관직을 두루 거친 명신이다. 그러나 그는 이런 벼슬보다는 암행어사로서의 일화가 그를 더욱 유명하게 만들었다.

조선 영조임금 때의 일이다. 한여름 날씨는 불볕인데 어제 임금으로부터 암행어사를 제수 받았다. 수령들의 비위를 살피고 백성들의 살림살이를 직접 체험해서 보고하라는 영조의 추상같은 명령을 받은 것이었다. 이제 그도 중년의 나이에 접어들었다. 삼복더위로 인해 흘러내리는 땀을 손으로 계속 닦으며 한편으로는 부채질을 해대며 툇마루에 앉아 더위를 식히고 있었다.

"음, 세월은 살 같이 빠르고 인생은 덧없구나. 내일은 일찍 떠나야겠다."

박 어사는 어느덧 경상도 현풍 땅을 밟고 있었다. 그는 다리도 아프고 목도 말라서 좀 쉬었다 갈 요량으로 어느 서당을 찾아가서 마루에 걸터앉았다. 때마침 대청마루에는 아이들이 앉아서 글을 읽고 있었는데 훈장은 어디를 갔는지 보이지 않았다.

"고놈들, 참 열심히 글을 읽고 있구나."

박 어사는 기특한 생각이 들어 속으로 칭찬을 하고 있는데 그때 한 아이가 박 어사의 눈에 들어왔다. 다른 아이들과 달리 그 아이는 땡볕이 쨍쨍 내리 쬐는 마당에 앉아서 글을 읽고 있는 것이 아닌가.

"흠, 괴이한 일이로다."

박 어사는 이상한 생각이 들어서 아이에게 물어 보

왔다.

"너는 왜 시원한 대청에서 글을 안 읽고 어째서 뜨거운 햇볕에 앉아 글을 읽고 있느냐?"

아이는 박 어사를 보더니 자리에서 일어나 허리를 굽혀 공손히 절을 하였다.

"예, 저는 집안이 가난합니다. 그래서 아버지께서는 남의 집에 가서 품팔이를 해서 번 돈으로 어렵게 살아갑니다. 아버지께서는 오늘도 날이 이렇게 뜨거운데 저 논, 밭에 나가서 일을 하시느라 땀을 흘리며 고생을 하고 계시는데 제가 어찌 자식 된 도리로서 그늘에 편안히 앉아서 글을 읽고 있을 수 있겠습니까."

박 어사는 깜짝 놀랐다. 어린 아이의 효심이 믿을 수 없을 만큼 대단했기 때문이었다. 박 어사는 아이의 얼굴을 다시 찬찬히 뜯어보았다. 얼굴 윤곽은 네모 형으로 반듯하였고 눈동자는 초롱초롱 한 것이 총기가 살아 있었다. 꽉 다문 입은 의지가 굳는 아이라는 것을 말해주었다.

"크게 될 아이로다."

박 어사는 아이를 보고 말했다.

"얘야 효경에 이르기를 모든 일중에서 제일 으뜸가는 일은 부모에게 효도하는 일이라고 하였다. 너는 효자이니 장차 큰 인물이 될 것이다. 뜻을 크게 세워 열심히 글을 읽어라. 효자에게는 하늘도 감동하는 법이다."

박 어사는 아이를 크게 칭찬해 주고는 흐뭇한 심정이 되어 그곳을 떠나 발걸음을 옮겼다. 이 아이가 훗날 학식과 덕망을 두루 갖춘 유명한 곽 효자였다.

내가 평소에 부모를 잘 모시게 되면 그것을 보고 자란 자식들도 또한 내게 효를 다할 것이다. 참으로 효는 부모와 나, 자식에 이르기까지 복을 짓고 복을 받는 복전이 아닐 수 없다.

반딧불 이야기

옛날 충청도 어느 두메산골에 아담한 마을이 있었다. 산기슭에 십여 호의 초가집이 어깨를 껴듯하고 옹기종기 앉아 있는 평화스런 마을이었다. 백서방과 천서방은 서로 앞뒷집에 살았는데, 너나없이 지내는 형제 같은 사이였다.

어느 해, 앞집 백서방이 아들을 낳아 수동이라 이름 지었다. 이듬해 천서방이 딸을 낳아 은녀라고 불렀다. 두 사람은 일찍이 아이들이 성장하면 혼인을 시키기로 굳게 약조하였다.

미래의 신랑 신부 수동이와 은녀는 오누이처럼 오

순도순 정답게 지냈다. 잠자는 시간을 빼고는, 아침부터 저녁까지 항상 붙어 다녔다. 유수 같은 세월이 훌쩍 흘렀다. 어느덧 수동이는 늠름한 청년으로 은녀는 아리따운 처녀로 성장했다.

"올가을 추수가 끝나면 혼례를 올려 주세."

"그러세, 더 이상 미룰 필요가 뭐 있겠나."

백서방과 천서방은 모내기를 하면서 자녀들의 혼인을 결정하였다. 이로써 수동이와 은녀의 혼인은 기정사실이 되었다.

"벼가 익으면……."

"우리는 부부가 되겠지?"

수동이와 은녀는 아직 푸르기만 한 논을 바라보며 벼가 익기만을 학수고대 했다.

벼가 익어갈 무렵의 어느 날, 수동이는 혼자서 산으로 나무를 하러 갔다. 그런데 웬일인지 해가 지고, 날이 샐 때까지 돌아오지 않았다.

"큰 변을 당한 것이 아닐까?"

"그렇지 않고서야……."

"우리가 찾아보세."

"그래야지."

수동이 아버지를 비롯한 마을 사람들이 인근의 산을 이 잡듯 샅샅이 뒤졌지만, 수동은 흔적조차 찾을 수가 없었다. 하루가 지나고 이틀이 지났다. 그리고 몇 날이 더 지나도록 수동이는 돌아올 줄 몰랐다. 수동이 어머니는 너무 큰 충격에 자리를 보전하고 누웠고, 아버지는 반쯤 넋이 빠져 있었다.

"호랑이에게 물려간 것은 아닐까?"

"그럴지도 모르지."

"너무 안 됐군, 혼인을 코앞에 두고……."

"그나저나 은녀가 너무 안됐어. 날마다 수동이를 찾겠다고 온 산을 미친 듯이 헤매고 있으니 말이야."

"저런……."

마을 사람들은 이런 말을 주고받으며 안타까워했다.

"수동이는 죽지 않았어!"

은녀는 수동이가 죽었다는 사실을 믿을 수가 없었

다. 그래서 낮이고 밤이고 가리지 않고 산을 헤맸다. 그러나 며칠 밤을 계속해서 헤매던 은녀는 수동의 흔적을 찾기도 전에 지쳐 쓰러져, 결국 수동의 뒤를 따르고야 말았다. 죽을 때까지 수동이를 잊지 못한 은녀의 영혼은 죽어 반딧불이 되었다. 지금도 여름밤이면 은녀가 불을 켜들고 들로 산으로 수동이를 찾아다니고 있다.

아름다운 사랑에는 슬픈 전설이 있다. 슬픈 전설이 있기에 그 사랑은 더욱 사람들의 마음을 흔든다. 무심하게 반딧불을 바라보기보다는 그 속에 담겨진 전설을 떠올리며 반딧불을 바라본다면, 수동이를 잊지 못하는 은녀의 사랑이 한층 더 반짝임을 알 수 있을 것이다.

박 도령의 선행

어사 박문수는 한때 삼남지방의 민정을 살피기 위해 암행의 길을 떠났다. 그는 전라도 지방을 순찰하다가 장성고을 어느 농촌에 이르렀는데 하루 온종일 먹질 못해서 참기 힘든 지경에 이르렀다. 목도 마르고 허기가 져서 이젠 한 걸음도 더 나아갈 수가 없었다. 그는 동네 이집 저집을 기웃 걸이다가 어느 다 쓰러져 가는 초가집 문 앞에 가서 힘없이 문을 두드렸다. 잠시 후에 십오륙 세쯤 되어 보이는 소년이 풀기 없는 표정을 하고 집안에서 나왔다. 박 어사는 소년을 보자 기어들어가는 목소리로 하룻밤 묵어가기를 청했다.

"얘야, 내가 지금 곧 쓰러질 것 같으니 하룻밤만 쉬어가도록 해다오."

소년은 박 어사의 말을 듣고는 고개를 가로 저었다.

"손님, 안됩니다. 저희 집은 가난해서 아무것도 대접할 것이 없습니다. 다른 집으로 가보십시오."

박 어사는 이젠 서 있을 기력조차 없었다.

"내가 잘 얻어먹으려는 것이 아니다. 허기가 져서 그러니 물이라도 한 그릇 마셨으면 좀 살 것 같겠구나."

말을 마친 박 어사는 그 자리에 풀썩하고 주저앉았다. 소년은 곧 안으로 들어갔다가 나왔다. 그의 손에는 물 한바가지가 들려 있었다.

"손님, 어서 이 물을 마시고 안으로 들어오세요. 어머니께서 듭시라고 합니다."

박 어사는 숨도 쉬지 않고 물 한 바가지를 단숨에 비웠다. 그때서야 좀 정신이 들면서 살 것 같은 기분이 되었다.

"어, 참 시원하구나. 고맙다."

박 어사는 소년을 따라서 집 안으로 들어갔다. 소년의 어머니가 박 어사를 맞이했다.

"손님! 집안이 누추하고 보시다시피 가난해서 대접할 것이 없습니다. 피곤하실 터이니 우선 좀 쉬십시오. 방을 치워 놓았습니다."

박 어사는 소년의 어머니의 말대로 방안으로 들어갔다. 이때 소년이 조그만 자루를 들고 그의 어머니가 앉아 있는 쪽마루 앞으로 가서 어머니에게 자루를 내밀었다.

"어머니, 이것으로 밥을 지으세요. 손님이 너무 굶어서 쓰러질 것만 같아요."

소년의 어머니는 눈이 휘둥그레졌다.

"얘야, 그건 네 아버지 제사 때 쓸 양식이 아니냐! 그걸 없애면 아버지 메는 무엇으로 지어 드린단 말이냐."

"어머니, 그때는 제가 어떻게 해서라도 장만해 올 테니 걱정하지 마세요. 산 사람이 우선이잖아요."

그때서야 어머니는 소년의 말대로 양식자루를 받아 들고 나가서 밥을 지었다. 잠시 후 김이 모락모락 나는 밥상이 들어왔다.

박 어사는 소년과 어머니의 대화를 문틈으로 보고 들었기 때문에 이 밥의 의미에 대해서 알고 있었다. 참으로 갸륵한 모자가 아닐 수 없었다.

박 어사는 배가 고파서 금방 쓰러질 것만 같았지만 막상 밥을 대하고 보니 먹고 싶은 생각이 없어졌다. 왜 안 그렇겠는가! 이 밥은 자신의 밥이 아니라 이 집 소년 선친의 제사용 메밥이다. 그런 것을 모자의 착한 마음으로 인해서 자신이 먹게 된 것이다 박 어사는 밥을 먹으면서도 목이 메었다. 세상에 이렇게 착한 사람들만 있으면 자신과 같은 암행어사가 필요 없을 것이다. 박 어사는 이런 저런 생각을 하면서 대충 식사를 마쳤다. 이때 소년이 다가왔다.

"손님, 오늘은 피곤하실 터이니 일찍 주무십시오."

소년은 상을 들고 나갔다. 박 어사는 온 종일 굶은 속에 밥을 먹고 나니까 피곤함과 식곤증으로 인해서 저절로 눈이 감겼다. 박 어사는 세상모르게 곯아 떨어졌다. 다음날 아침 박 어사는 문밖에서 와자지껄하는 시끄러운 소리에 눈을 떴다. 박 어사는 문을 열고 사태를 지켜보았다. 웬 낯선 장정 두 사람이 와서 소년에게 호통을 치고 있었다.

"박 도령! 어서가자. 빨리 안 가면 큰일 날 테니."

소년은 아무런 말도 못하고 고개를 푹 숙이고 있었다. 박 어사는 소년을 불렀다. 소년이 다가오자 박 어사는 조용히 물어보았다.

"애야, 무슨 일이냐. 무슨 일 때문에 저 사람들이 새벽 댓바람에 와서 호통을 치고 있느냐. 어디 염려하지 말고 속 시원히 말해 보거라."

박 어사의 재촉하는 말을 듣고 소년은 눈물을 흘리며 더듬더듬 전후사정을 털어 놓았다.

"예, 말씀 드리겠습니다. 제 나이가 올해로 열일곱이 되었습니다. 저의 어머니께서는 제가 혼기가 차니까 저를 장가보내시려고 생각하시던 중에, 마침 이웃마을에 김 좌수라고 살고 있는데 그의 딸이 혼기가 되었을 뿐만이 아니라 재색이 뛰어나서 그 좌수에게 청혼을 하게 되었습니다."

소년은 감정이 벅차오르는지 말을 끊고 숨을 고른 후에 다시 말을 이어 나갔다.

"그런데 그 김 좌수 어른은 저의 집이 가난뱅이 주제에 감히 자신에게 청혼을 하였다고 해서 저를 매일같이 불러다가 매를 치고 욕을 보이고 있습니다."

박 어사는 소년의 말을 듣고는 괘씸한 생각이 들었다. 그러나 마음을 가라앉히고 소년을 데리러온 그 김 좌수집의 집사에게 부드러운 목소리로 말했다.

"여기 좀 보게. 나는 여기 박 도령의 숙부가 되는 사람일세. 오늘은 내가 박 도령을 데리고 함께 갈 터이니 김 좌수에게 가서 그렇게 전하게. 출타준비가 되는대로 곧 갈 걸세."

점잖게 말하는 박 어사의 말을 듣고 김 좌수 집의 집사와 하인은 알겠노라고 대답하면서 돌아갔다. 박 어사는 얼마 안 있어서 소년을 데리고 김 좌수 집으로 갔다. 대문을 들어서자 하인들의 일하는 모습이 한눈에 들어왔다. 하인들의 대략의 숫자로 보아도 상당한 규모의 부자 집이 틀림없었다. 마침 김 좌수는 대청마루에 앉아 있었는데 박 도령과 함께 들어온 박 어사를 의심의 눈초리로 쏘아보고 있었다. 이미 집사로부터 박 도령의 숙부라는 것은 알고 있었다. 그러나 그가 무슨 일 때문에 자신을 만나러 왔는지 그것이 궁금했다. 도둑이 제발이 저리다고 박 도령을 불러다 매일 매를 친 일이 마음에 걸린 것이다. 김 좌수는 박 어사를 쳐다보았다. 박 어사는 김 좌수 앞으로 한발 가까이 다가섰다. 박 어사는 약간은 좋지 않은 얼굴 표정을 하고서 김 좌수에게 나무라듯 말했다.

"여보시오, 김 좌수 나는 여기 있는 박 도령의 숙부가 되는 사람이오, 내 조카로 말하면 양반가의 자손으로 문벌로 보나 인물로 보나 당신네 가문보다는 훨씬 격이 높은 양반이오. 단 한 가지 가난 한 것이 흠이라면 흠이오. 청혼을 한 것에 대해서는 마땅치 않으면 안하면 그만이지 이렇게 매일 사람을 불러다 놓고 매질을 하다니, 내 이 일은 결코 좌시하지 않을 것이오.”

　박 어사의 노기어린 항변에 김 좌수는 어찌할 줄을 몰라 했다. 귀신은 경문에 막히고 사람은 경우에 막힌다고 했다. 김 좌수는 경우 없는 짓을 한 관계로 유구무언이었다. 더욱이 숙부라는 사람의 그 기세가 대단했다. 김 좌수는 아닌 밤중에 홍두깨라고 갑자기 숙부라는 사람이 찾아와서 따지고 드는데 워낙 자신이 잘못한 관계로 딱히 할 말이 없었다. 그저 가슴만 답답하였다. 그러나 김 좌수도 그리 만만한 인물이 아니었다. 지금까지 만석꾼이란 소리를 들을 정도로 재산을 긁어모으기 까지는 산전수전을 다 겪어왔을 터이다. 김 좌수도 드디어 분통을 터트렸다. 우선 죄 없는 하인들을 향해 소리쳤다.

　“이놈들아! 박 도령만 데려오랬지 내가 언제 낮도깨비 같은 저런 놈을 데리고 오랬느냐. 이놈들! 오늘은 박 도령 대신에 네놈들이 죽어봐라.”

　김 좌수는 서슬이 퍼래가지고 애꿎은 하인들에게 소리를 지르면서 매를 치려고 하였다. 박 어사는 김 좌수의 하는 꼴로 봐서 그냥 놔두었다가는 애꿎은 하인들이 매를 맞을 것 같고 또 웬만해서는 사태의 국면을 전환하기가 어려울 것 같아서 극약처방을 쓰기로 했다. 박 어사는 김 좌수의 옆으로 더욱 바싹 다가서면서 마패를 몰래 꺼내어 김 좌수의 옆구리를 '꾹' 찔렀다 순간 김 좌수는 움찔하면서 몸을 틀다가 그 바람에 마패를 보았다. 김 좌수는 기겁을 하였다 얼굴이 새파랗게 질려가지고 버선발로 섬돌아래 마당으로 뛰어 내려가서 코가 땅에 닿을 정도로 꿇어 엎드렸다.

"죽을죄를 지었습니다. 용서하여 주십시오."

아무것도 모르는 집안 식구들은 김 좌수의 하는 꼴을 보고서는 놀래서 눈들이 휘둥그레졌다. 범 잡는 시라소니가 따로 있다더니 아마 이런 일을 두고 하는 말일 것이다. 한편 지금까지 박 어사의 하는 모양만 보고 있던 박 도령은 신이 났다. 사실 속으로 얼마나 걱정을 했는지 모른다. 손님이 공연히 남의 일에 끼어들어서 김 좌수에게 욕을 보는 건 아닌지, 만일 그렇게 되면 자신이 손님에게 얼마나 면목 없는 사람이 되는가 말이다. 그런데 상황이 역전이 되어 오히려 김 좌수가 쩔쩔매며 머리를 땅바닥에 조아리며 잘못을 빌고 있으니 이게 얼마나 통쾌하고 신나는 일이 아니겠는가. 그러나 지혜로운 박 도령은 얼굴에 그런 내색을 하지 않았다. 이때 박 어사는 짐짓 부드러운 얼굴 표정을 하고 땅바닥에 엎드린 김 좌수를 내려다보았다.

"여보시오, 김 좌수! 그러면 나도 물어볼 말이 있소. 내 조카와 그대의 딸의 혼인을 지금도 반대를 하시오? 이 자리에서 솔직히 말해 주시오."

김 좌수는 여전히 몸을 떨고 있었다. 감히 어느 안전이라고 반대를 하겠는가. 더욱이 지금까지 박 도령을 매일같이 불러다 놓고 매질을 하는 죄를 저질렀으니 다른 선택의 여지가 없었다. 그러나 지금이라도 암행어사의 조카를 사위로 맞이할 수만 있다면 그건 오히려 김 좌수가 더 바라는 일이다. 박 어사의 말을 듣고 김 좌수는, '이젠 살았구나.' 하는 생각이 들었다.

"예, 저로서는 영광으로 생각합니다. 전적으로 숙부님의 처분에 따르겠습니다."

"음, 그러면 내가 길일을 따져보니 오는 3일이 날이 좋은 것 같네. 그날로 정하기로 하고 신랑은 내가 데리고 올 테니 잔치는 신부 집에서 하기로 하세."

"예, 분부대로 거행하겠습니다."

박 어사는 혼례를 일사천리로 진행시켜 나갔다. 박 어사는 소년의 집으로 와서 그의 어머니에게 김 좌수 집에서 있었던 지금까지의 사건의 전말을 대충 말했다. 소년의 어머니는 박 어사의 말을 듣고는 황송해서 몸 둘 바를 몰라 했다. 세상에 이런 행운이 자신들에게 일어나리라곤 꿈에도 생각할 수 없는 일이었다. 소년의 어머니는 박 어사에게 고맙다고 말했다. "이 은혜를 어찌 갚을 수 있겠습니까!"

박 어사도 어머니에게 화답했다.

"아드님의 고운 마음씨가 행운을 불러온 것입니다. 그런 걱정은 마시고 혼례 준비나 잘 해주십시오. 내가 내일 모레 다시 와서 아드님과 같이 갈 테이니 아무 염려하지 마십시오." 박 어사는 그길로 고을 원을 만나러 갔다. 원은 마침 동헌에 있었다.

"사또! 내 조카가 장가를 가는데 집안이 가난합니다. 예법이 허용하는 범위 안에서 좀 도와주십시오."

"그런 일이라면 염려하지 마십시오. 혼례에 쓰는 물품들을 빌려 드리겠습니다."

박 어사의 말을 듣고 원은 흔쾌히 도와주겠다고 말했다.

"고맙소. 나는 근방의 각 고을 원들도 청하여 혼례를 빛낼 것이오."

드디어 혼례 날이 되었다. 관복차림의 암행어사와 여러 고을의 수령, 방백들이 속속 김 좌수 집으로 들어갔다. 김 좌수는 이를 보고 너무 놀라서 눈은 화등잔만 해지고 입은 찢어져 귀에 가서 달렸다. 놀란 사람은 비단 김 좌수 하나만이 아니었다. 신랑 신부를 비롯해서 배석한 모든 사람들이 하나같이 놀라서 어안이 벙벙해졌다. 김 좌수는 자기의 잘못으로 인해서 박 어사에게 혼찌검이 날 줄 알았는데 오히려 전화위복이 되었으니, 엄청난 행운에 정신을 차릴 수가 없었다. 대례가 끝나고 잔치가 시작 되었다. 양편으로 늘

어앉아 술잔을 기울이고 있는 수령 방백들의 모습은 실로 장관이었다. 이런 구경은 앞으로는 절대 볼 수 없을 것이었다. 이 구경을 하느라고 마을전체가 술렁이었고 집집마다 집이 텅 비어 있었다. 박 어사는 김 좌수를 건너다보면서 넌지시 말했다.

"김 좌수, 어떠하오. 이젠 마음이 흡족하시오? 내 조카가 김 좌수 사위로 손색이 없지요."

"예, 정말이지 제 평생에 다시없는 영광입니다."

"그래서 말인데 김 좌수, 사람은 먹어야 사는 법이오. 이젠 두 사람이 혼인을 하였으니 김 좌수께서 이들에게 호구지책을 좀 세워 주심이 어떨까 하는데."

박 어사의 말에 김 좌수는 흔쾌히 대답했다.

"예, 그렇지 않아도 생각을 다 해 놓았습니다. 제가 가진 재산의 반을 사위에게 주겠습니다."

박 어사는 김 좌수의 말을 듣고는 이럴 때에 일을 확실히 해 놓기 위해서 고을 원을 증인으로 해서 증빙 서류를 만들었다. 사실 김 좌수는 무남독녀 외동딸에게 재산을 주는 것이기 때문에 설령 재산을 몽땅 다

준다고 하여도 억울할 일이 없는 것이다. 그래서 김 좌수는 기분이 좋았다. 더욱이 사위의 숙부가 말로만 듣던 그 유명한 박 문수 암행어사가 아닌가! 동네사람들도 모두 기뻐하고 부러워하였다. 한편 박 도령은 나그네에게 밥 한 끼 대접한 것이 이렇게 큰 복이 되어 돌아 올 줄은 꿈에도 생각지 못한 일이었다. 그는 모든 사람들에게 감사하였고, 특히 박 어사에게는 부친의 정을 느꼈다. 왜 안 그렇겠는가? 박 어사의 도움으로 예쁜 아내를 맞이하게 되었고 벼락부자가 되었으니 그야말로 '남을 돕는 집에는 반드시 경사가 있다.'라는 말이 실감이 나는 대목인 것이다.

곤경에 빠진 사람들을 돕는 일은 하늘의 뜻과도 일치하는 것이다. 그런데도 세상에는 자신들은 잘 먹고 사니까 남의 배고픔의 고통 따위는 모른 척 하면서 외면하는 이들이 적지 않다. 동냥은 못 줄망정 동냥 그릇은 깨지 말아야 한다.

쌀이 창고에서 썩어 나가고 있는데도 배고픈 사람들에게 나누어 줄 생각은 않고 심지어 가축의 사료로 줄 생각을 하는 사람도 있다고 하니, 참으로 한심하고 비인간적인 일이 아닐 수 없다.

박 도령은 선친 제사에 쓸 한 주먹의 양식을 아낌없이 털어서 밥을 지어 배고픈 박 어사를 살린 공덕으로 엄청난 복을 받게 된 것이다. 이와 같이 남을 도울 때에는 어떤 대가를 바라지 말고, 조건 없이 진심으로 도와야 한다. 그래야 받는 쪽도 감동하는 것이다.

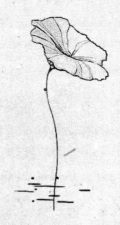

춘보전(春甫傳)

　강원도 첩첩 산중에 있는 어느 마을, 사방을 둘러봐도 겹겹이 산으로 둘러싸여 있다. 마을에서도 멀찌감치 떨어진 응복산(鷹伏山) 자락에 다 쓰러져 가는 오막살이집 한 채가 외롭게 서 있다.

　"엄마, 배고파 죽겠어!"

　그래도 사람이 사는지, 어린아이의 애처로운 목소리가 흘러나온다.

　"이 철딱서니 없는 놈아! 우리 처지에 보리죽 한 그릇 먹었으면 됐지 뭘 더 바래?"

　중년 여자의 쉰 음성은 짜증과 원망을 머금고 있었

다.

"배고프단 마라! 배고픈 걸 어떡해?"

아이의 칭얼거림은 좀처럼 그칠 것 같지가 않다.

"에고, 이년의 팔자야! 내가 전생에 무슨 죄가 많 길래……."

"에잇!"

남자의 투덜거림이 들리는가 싶더니 덜커덩 소리와 함께 방문이 와락 열린다. 그리고 행색이 초라한 사내가 밖으로 나왔다. 사내의 나이는 대략 사십 전후, 키는 크지도 작지도 않으며 전체적으로 둥글둥글하다는 느낌을 전해주는 선량한 인상이었다.

춘보가 이 마을에 흘러들어 온 것은 십여 년 전이었다. 이 마을 박첨지가 떠도는 그를 발견하여 일을 시킬 요량으로 데려왔는데, 그때부터 이 마을에 뿌리를 내리고 살게 된 것이다. 나이 서른이 넘도록 장가를 들지 못한 그를 마을 사람들은 딱하게 여겼다. 그래서 마을 사람들이 의논하여 아랫마을에 사는 곰보영감의 딸 옥분이와 혼례를 치르게 하고 산기슭에 오막살이 집까지 지어 주었다. 늦게 가정을 꾸민 춘보는 마냥 행복했다. 두 사람의 금술이 좋다보니 호박덩굴에 호박이 달리듯 자식이 주렁주렁 생겼다. 가난한 살림에 자식들이 많으니 생활은 더욱 힘들고 팍팍해졌다. 이런 가운데에서 춘보를 괴롭히는 두통거리가 있었다. 그 것은 집 앞의 텃밭에 대한 전결(田結)이었다.

나라에 바치는 전결은 돈이 없다고 해서 내지 않을 도리가 없었다. 벌써부터 그것을 독촉하고 있었지만, 돈이 생길 구멍이 없어 이만저만 걱정이 아니었다.

"괜히 마누라쟁이가 담배는 심자고 해가지고……."

춘보는 집을 나서며 텃밭에 무성하게 자란 담배를 보았다.

'흠, 잘하면 올겨울에는 구수한 잎담배를 피울 수 있을지도 모르겠군!'

이런 생각이 들자 춘보는 바로 기분이 풀리며 입맛이 다셔졌다. 짧은 가을해가 뉘엿뉘엿 서산으로 넘어가는 황혼, 춘보의 아내 옥분은 마당가 멍석에 빨간 고추를 소쿠리에 담고 있었다. 이때 김풍헌이 찾아왔다.

"춘보 있나?"

옥분은 김풍헌의 컬컬한 목소리를 듣는 순간 무엇에 깜짝 놀란 듯 가슴이 철렁 내려앉았다.

"예, 오셨구먼요……."

"오늘은 됐겠지?"

"저……."

옥분은 고개를 숙이고 옷고름을 만지작거렸다.

"또 안 됐단 말여?"

"죄송합니다."

"죄송하다면 다여?"

"조금만 더 말미를 주십시오. 저 담배에 물이 오르면……."

"이 집만 미루고 있으면 낸들 어쩌라는 게여? 나도 위로부터 싫은 소리를 듣는다는 것을 몰라서 그래?"

"전들 왜 그것을 모르겠습니까?"

이날 밤 옥분은 본의 아니게 남편을 들볶았다. 아내로부터 톡톡히 바가지를 긁힌 춘보는 마침내 결심을 하였다. 텃밭에 심은 담배를 베기로 한 것이다. 이튿날 아침, 날이 밝기가 무섭게 일어난 춘보는 숫돌에 낫을 삭삭 갈기 시작했다.

"왜 낫을 가세요?"

"담배를 베어 팔아야 돈이 생길 것 아냐?"

춘보는 툭 쏘아붙이고 어정어정 텃밭으로 걸어갔다.

"에이, 며칠만 더 있다가 팔면 좋을 텐데……."

연신 이렇게 투덜거리며 한 포기 두 포기 베어나갔다.

그러다가 문득 바위 저편 모퉁이에 눈길이 쏠렸다.

"어, 저게 뭐지?"

고개를 갸우뚱거리다가 그쪽으로 걸음을 옮겼다. 밋밋하게 뻗어 오른 줄기가 실히 반자는 족히 되었다.

"고놈 묘하게도 생겼다."

춘보는 낫으로 그 주변의 흙을 파보았다. 팔뚝보다 더 굵은 뿌리가 땅 속에 깊이 박혀 있었다.

이리 저리 살펴보던 춘보는 뿌리 끝을 조금 꺾어 입에 넣고 씹었다.

"에이, 퉤퉤!"

인상을 찌푸리며 곧 뱉어 냈다.

"뭐가 이렇게 써?"

쓰기가 한량없었다.

'혹시 독이 든 뿌리가 아닐까?'

이렇게 생각하자 겁이 덜컥 나서 급히 집으로 달려가 물로 양치를 하였다.

"왜 그러시우?"

"무같이 생긴 뿌리가 있기에 씹었더니 입이 써서 그래."

춘보는 냉수 한 바가지를 벌컥벌컥 마시고 다시 담배를 베기 위해 텃밭으로 나갔다.

한참을 베다 보니, 또 아까와 같은 풀이 있었다.

"무슨 약재가 아닐까? 그럴지도 모르지!"

춘보는 두 번째 뿌리를 캤다. 빛깔이나 굵기, 생김새가 처음 캐낸 것과 비슷했다.

춘보는 또 가느다란 뿌리 하나를 잘라 냄새를 맡아 보았다. 이상한 향기가 콧속으로 파고들었다.

"향기는 좋은데……."

"아무리 봐도 예사 물건은 아닌 것 같아."

"예사 물건이 아니기는 뭐가 아니에요? 어서 버리세요."

아내가 핀잔을 했지만 춘보는 귓등으로 흘렸다.

담배는 엮어서 볕이 잘 드는 곳에 걸고, 무는 그냥 지붕 위에 던졌다.

"이따가 풍헌 영감이 오시면 잘 말해. 이렇게 담배를 베었으니 이삼 일 말린 후에 팔아서 전결을 드리겠다고."

"알았어요."

춘보는 이런 당부를 잊지 않고 박도사의 집으로 일을 하러 갔다.

"흠, 춘보 있는가?"

조반 때가 조금 지나서 김풍헌이 왔다.

"예, 오셨구먼요?"

"어? 담배를 베었구먼?"

김풍헌이 먼저 볕에 널어놓은 담배를 보고 말했다.

"흠, 진작 이렇게 했으면 서로가 얼굴 붉히지 않고 오죽 좋았겠어?"

옥분은 불현듯 울화가 치밀어 이렇게 쏘아붙였다.

"그 덕분에 우리는 왕창 손해를 봤어요. 며칠만 더 있다가 베었으면 제 값을 받을 텐데 말예요!"

"흠!"

김풍헌은 민망한 듯 헛기침을 하며 옥분의 시선을 피했다. 그러다가 문득 지붕 위를 보고 깜짝 놀랐다.

"헉!"

김풍헌은 자기도 모르게 숨넘어가는 소리를 토해냈

다. 거기에는 어른 팔뚝만한 산삼(山蔘) 세밑이 거짓말처럼 놓여있는 것이었다.

'세상에 저렇게 큰 산삼도 있었더란 말인가?'

김풍헌은 연신 마른침을 삼켰다.

'춘보 내외는 저것이 무엇인지 모른단 말이렷다? 만약 알고 있다면 천하의 지보를 저렇게 허술히 지붕에 던져두었을 까닭이 없다!'

"여보게?"

"예?"

"저기, 저 지붕 위에 있는 저건 뭔가?"

이 말에 옥분은 심드렁하게 입을 열었다.

"애들 아버지가 무슨 귀중한 약재가 분명하다며 그렇게 두었답니다."

"귀중한 약재? 무슨 귀중한 약재라고 하던가?"

"어서 말하게. 저걸 어떻게 한다고 하던가?"

김풍헌이 대답을 재촉했다.

"담배를 팔 때 함께 장에 가지고 나가 판다고 하던걸요."

옥분은 김풍헌의 반응을 떠보기 위해 슬쩍 이렇게 말했다.

"얼마에?"

"저……."

"두, 아니 한……."

옥분은 두 냥을 부르려고 하다가 급히 정정하며 말끝을 흐렸다.

"한 냥? 그러면 내가 사겠네."

"예?"

옥분은 한 냥이라는 소리에 숨이 턱 막혔다. 자신의 귀를 의심했다. 그녀에게 있어서 한 냥은 일 년을 열심히 일해도 만져볼까 말까한 큰돈이었다.

옥분은 속으로 안도의 한숨을 쉬면서 물었다.

"대체 저것이 무슨 약재입니까?"

"흠!"

김풍헌은 불안한 듯 주변을 두리번거리다가 입을 열었다.

"저것이 뭔고 하면, 개삼이라고 하는 게여."

"개삼이요?"

"그려, 아이들 속배 앓는 데는 즉효지. 내 손자 놈이 속배를 앓고 있는데 마침 잘 됐네. 한 냥씩 이라고 했지? 세밑이면 석 냥 주면 되겠네 그려?"

"예?"

옥분은 넋 나간 사람처럼 김풍헌을 바라보았다. 도합 한 냥을 받는다는 것에도 가슴이 떨려 견딜 수가 없던 그녀였다. 그런데 그것이 순식간에 세 곱절로 값이 뛴 것이다. 너무도 엄청난 횡재라서 무엇이라고 대답을 해야 좋을지 몰랐다.

"어서 저것들을 내려 주게. 돈은 내가 내일 갖다 주겠네."

"아, 예!"

옥분은 그것을 내려 주었다.

"춘보가 돌아오면 내가 값을 치루고 가져갔다고 말하게."

"예."

"그리고 베어 놓은 담배도 내가 사겠다고 하게. 전결

을 제하고 한 냥을 쳐주겠네."

"예? 그, 그렇게나……."

옥분은 거듭 놀라 벌린 입을 다물지 못했다.

"이게 정말 꿈은 아니겠지?"

'아! 그이가 이 사실을 알면 얼마나 기뻐할까? 어서 남편이 돌아왔으면…….'

옥분은 설레는 가슴을 달래며 남편이 돌아오기를 기다렸다. 살아오는 동안 이날처럼 남편이 돌아오기를 학수고대한 적은 없었다. 한편 춘보의 집을 나와 산길을 내려오는 김풍헌은 제정신이 아니었다.

"으하하하! 개삼? 암, 개삼이지, 개삼이고 말고. 하하하……."

집에 돌아온 그는 먼저 대문을 단단히 걸어 잠그고 급히 방으로 들어가며 아내에게 소리쳤다.

"아니, 왜 이래요, 오늘 정말?"

"으흐흐……. 마누라는 이게 뭔지 모르지?"

"뭐긴 뭐예요, 무지."

"으흐흐, 이게 무라고? 으하하하……."

"······?!"

마누라는 영감의 이상야릇한 웃음과 표정을 보고 겁이 덜컥 났다.

"혹시······?"

"미치지 않았냐고?"

"······."

마누라는 고개를 끄덕였다. 그러자 영감은 갑자기 웃음을 터뜨렸다.

"으하하하, 그래 미쳤지! 오늘 같은 날 미치지 않고 배길 수가 있겠어?"

"이게 뭔 줄 알아?"

"······?"

"이게 바로 산삼이라는 게야."

"예?"

마누라의 작은 두 눈알이 달걀만큼이나 커졌다.

"흐흐, 이것을 원주감영(原州監營)에 갖다 바치기만 하면······."

돈 세 냥이 문제가 아니었다. 산삼 세밑을 값으로 치

자면 최소한 천 냥은 받을 것이었고, 운수가 좋으면 벼
슬 한자리 얻게 될지도 모를 일이었다.

"이런 행운이 나에게 올 줄이야……."

때는 조선 제26대 임금 고종(高宗) 중엽이었다. 흥선
대원군이 섭정을 시작한 이래, 조선의 강토는 놀랍게 변
해갔다. 김 씨 일파의 세도도 과감하게 거세했다. 그의
말은 곧 지엄한 나라의 법이었다. 한 번 명령을 내리면
그것으로 그만이었다. 그러나 그렇게 막강한 힘을 가진
그도 어쩔 수 없는 일이 하나 있었다. 그것은 흐르는 세
월과 함께 늙어가는 몸이었다.

"노쇠를 방지하는 무슨 좋은 처방이 없느냐?"

"산삼과 녹용을 많이 잡수십시오. 그리고 백사나 자
라도 효과가 크옵니다."

여러 곳에서는 벼슬을 얻었다는 등등의 소문이 분분
했다. 이러한 시절에 김풍헌은 춘보의 집 지붕에서 다시
는 구하기 힘든 희대의 동삼 세밑을 얻은 것이었다.

'날아, 어서 밝아라.'

날이 밝자 그는 서둘러 행장을 꾸리고 원주감영으로

떠났다. 마음이 천하를 얻은 듯, 구름을 타고 날아가는 것처럼 발걸음도 가벼웠다. 그곳에 도착했을 때는 이미 짙은 어둠이 내린 후였다.

"귀한 산삼을 구해 왔으니 감사님을 뵙게 해주게나."

김풍헌은 문지기에게 당당하게 말했다. 이 전갈을 들은 감사는 즉시 김풍헌을 안으로 들게 했다.

"귀한 산삼을 구해 왔다고?"

"그러하옵니다."

김풍헌은 산삼을 싼 큼직한 보자기를 감사에게 내밀었다. 보자기를 풀고 산삼 세밑을 확인한 감사의 두 눈은 튀어나올 것만 같았다.

"이, 이게 정말 산삼이란 말이냐?"

"아무튼 좋은 걸 구해왔다. 나가서 기다려라."

이렇게 분부한 뒤에 감사는 하인에게 명하여 엽전 백 냥을 주라고 하였다. 풍헌은 돈 백 냥을 받아들고 의기양양하게 감영을 나왔다. 그리고 주막을 하나 정하고 푸짐하게 한 상 차리도록 하여 맘껏 먹고 마셨다. 김풍헌은 정말 물 쓰듯이 돈을 펑펑 썼다. 모르는 사람도 불러다 마구 선심을 쓰면서 감영에서 소식이 오기만을 기다렸다. 그러나 이상하게도 기다리는 소식은 좀처럼 오지 않았다. 훌쩍 닷새가 지나고 열흘이 지났는데도 감영에서 들어오라는 분부가 없었다.

"왜 이렇게 시간이 걸리는 게야?"

김풍헌은 마음이 불안해졌다. 그동안 흥청망청 먹자판을 벌이다 보니 백 냥을 홀랑 다 썼고, 이제는 적잖은 빚까지 지고 있는 형편이었다. 그래서 더 이상 기다리지 못하고 감영으로 갔다. 삼문 밖에 이르러 문지기에게 곡절을 말하고 감사 뵈옵기를 청했다.

"기다리시오."

문지기가 안으로 들어갔다가 나왔다.

"들어가 보시오."

김풍헌은 회심의 미소를 지으며 안으로 들어갔다. 이제야 꿈에 그리던 돈과 벼슬이 굴러오는가 싶었다.

"그런데 왜 나를 보자고 하였느냐?"

"예?"

김풍헌은 깜짝 놀라 눈을 크게 떴다. 그가 듣기에는

정말 뜻밖의 말이었다.

"저, 저……. 그 산삼 값을 좀……."

"산삼 값?"

"예."

"이미 주지 않았더냐?"

감사의 목청이 차갑게 울렸다.

"예? 이미 주셨다고요?"

눈앞이 캄캄해지는 것 같았다.

"그래, 내가 너에게 백 냥을 준 걸로 알고 있다."

"그 백 냥이 산삼 값이었단 말씀입니까?"

가슴이 떨려 말도 제대로 이을 수가 없었다.

"백 냥이 적었더란 말이냐?"

감사의 목소리는 날카롭게 날이 서 있었다.

"그, 그게 아니오라……. 말하자면……."

우물쭈물하며 야속하다는 표정으로 감사의 얼굴을
살폈다.

"네 이놈!"

갑자기 감사가 서탁(書卓)을 쾅 소리가 울리도록 내리

치며 벼락을 때렸다.

"조선 땅, 그것도 본관이 다스리는 강원도 땅에서 캐낸 산삼의 값을 달라고? 에라이 날도둑 같은 놈!"

감사는 마구 호통을 치다 서탁에 있던 붓통을 집어던졌다.

"아이구야!"

붓통에 정통으로 얼굴을 맞은 김풍헌은 크게 비명도 지르지 못하고 손으로 그 부위를 싹싹 비벼대고만 있었다.

'한 사백 냥만 받아도 그런대로…….'

이렇게 생각한 김풍헌은 손금이 닳도록 손을 비비면서 입을 열었다.

"감사 나리! 저……. 다름이 아니옵고 그 산삼을……. 소인이 캐낸 것이 아니옵니다. 저……."

"뭐라고? 네가 캐낸 것이 아니라고?"

감사의 크고 차가운 말에 김풍헌은 다시 오금이 저렸다.

"그, 그러하옵니다. 사실은 이웃집 사람에게……. 개

당……. 삼십, 아니 오십 냥씩 주고 샀습니다. 그러니 본전이라도……."

"네 이놈! 감히 누굴 능멸하려 드느냐?"

벼락같은 호령이었다.

그날 저녁, 원주서 홍천으로 가는 고갯길을 힘겹게 넘고 있는 한 행인이 있었다. 그 행인은 고통스럽게 인상을 찡그리며, 연신 손으로 엉덩이를 부비면서 절룩절룩 간신히 발걸음을 옮기고 있었다. 달빛으로 그 얼굴을 확인해 보니, 실컷 얻어맞은 김풍헌 이었다.

"아, 담배 맛 좋다!"

춘보는 팔을 괴고 누워 흐뭇한 표정으로 곰방대를 빨아대고 있었다. 개삼인가 뭔가 하는 약재 덕분에 뜻하지 않게 석 냥이 생겼고, 풍헌 어른의 배려로 담배마저 절반은 자기 것이 되었다.

"풍헌 어르신이 보기보다 사람이 좋아, 그렇지?"

춘보의 이 말에 아내 옥분이가 고개를 끄덕였다.

"그러게 말예요. 평소에는 그 딱장대 같은 사람이 이번에는 무슨 생각으로 그랬는지……."

"허어! 고마우신 어르신을 그런 식으로 말해서야 쓰나?"

춘보는 아내를 가볍게 핀잔했다.

"개삼이나 찾으러 나가 볼까?"

춘보는 곰방대에 담뱃가루를 가득 채워 넣고 밖으로 나왔다.

"여보게, 춘보!"

소리 나는 쪽으로 돌아보니 박 도사 댁 하인 돌쇠 아범이었다.

"웬일이여?"

춘보의 시선이 돌쇠 아범의 손에 가서 멎었다. 그는 호리병 하나를 손에 들고 있었던 것이다.

"할 말도 있고, 또 오랜만에 자네와 막걸리나 한잔 하려고."

"뭐어? 막걸리?"

춘보는 반색을 하며 군침을 삼켰다. 내일 아침에는 해가 서쪽에서 뜰 일이라고 그는 생각했다.

"먼저 한잔씩 듦세."

두 사람은 사발에 막걸리를 따라 쭉 들이켰다.

"카아, 시원하다!"

만족한 소리를 토해낸 춘보는 아직 간도 덜 든 개구리 뒷다리를 하나 집어 들고 와작와작 씹었다.

"여보게, 춘보!"

돌쇠 아범이 은근한 목소리로 불렀다.

"왜 그러나?"

"전번에 자네가 말했지?"

"뭘?"

"풍헌 영감한테 개삼인가 뭔가를 팔았다고 하지 않았나?"

"아, 개삼? 팔았지."

이 바보 같은 친구야. 그것은 개삼이 아니라 산삼이야, 산삼!"

춘보는 눈이 벌컥 뒤집혔다.

"그게 정말이야?"

"정말이고말고. 풍헌 영감이 지금 원주감영에 팔뚝 같은 산삼 세 뿌리를 바치고서는 돈을 십만 냥인가 이십만 냥인가를 받았다고 소문이 파다해."

"엉, 십만 냥? 이십만 냥이라고?"

춘보는 머리가 핑그르르 돌았다.

"풍헌 영감이 돈을 받아가지고 오거들랑 죽어라고 바짓가랑이를 붙잡고 늘어져. 십만 냥이 훨씬 웃도는 것을 겨우 석 냥에 가져간 것이 말이나 되나? 자네가 강하게 나가면 풍헌 영감도 안 주지는 못할 걸세. 절반은 못 주더라도 만 냥 정도는 주겠지?"

"여보게, 춘보!"

돌쇠 아범의 목소리는 더욱 은근해졌다.

"자네와 나는 오래 전부터 형제처럼 지내왔던 사이가 아닌가? 그래서 내가 이 귀한 막걸리도 사가지고 왔고……."

"자네가 벼락부자가 되면 설마 나를 모른 척하지는 않겠지? 이렇게 귀한 막걸리를 사온 나를……."

마침내 본색을 드러내고 있는데도 춘보는 그가 얄밉게 생각되지 않았다. 만 냥만 들어온다면 백 냥 정도는 흔쾌히 떼어줄 용의도 있었다.

"그런 걱정은 하덜 마러."

"그럴 줄 알았네! 우리가 보통 사이인가?"

돌쇠 아범은 입이 귀밑까지 찢어질 정도로 좋아했다.

"근데 내일 아침 일찍 떠나라고 하시네."

박 도사는 해마다 한양의 재상집에 봉물을 한 짐씩 보냈다. 강원도 소산인 버섯, 도라지, 산취 등을 좋은 것으로 골라서 보내는데, 춘보도 여러 번 심부름을 한 적이 있었다. 한양에 심부름을 가게 되면 몇 닢의 심부름 값을 주었다. 썩 후한 것은 아니지만, 아쉬운 대로 쏠쏠했다. 그런데 이번에는 달갑지 않았다. 심부름 값을 많이 준다고 해도 떠나고 싶지 않았다.

'풍헌 영감이 언제 올지 모르는데.'

"이번에는 그만 뒀으면 좋겠는데……."

이 말에 돌쇠 아범은 능글능글한 웃음을 흘렸다.

"풍헌 영감 때문에 그러지?"

"……."

"아따 이 사람아! 그것은 한양 구경을 하고 와서도 늦지 않아. 풍헌 영감이 당장 어디로 가는 것도 아니고 말야."

다음날 춘보는 박 도사 집 하인들과 함께 봉물을 지고 한양으로 갔다. 꼬박 이틀 만에 한양에 도착하여 하룻밤을 주막에서 묵은 후에 재상집을 돌며 봉물을 전해 주었다. 봉물을 다 전달했을 때는 날이 저물었다. 박 도사 집 하인들은 주막으로 갔다.

"나는 먼저 내려가겠네."

춘보는 마음이 급하여 밤길을 떠나기로 결심했다. 얼마나 걸었을까? 자정이 지났을 무렵부터 다리는 아프고 몸은 몹시 피곤했다. 게다가 오슬오슬 춥기까지 했다.

"하룻밤 묵었다가 내일 함께 올 걸 그랬나."

혼자서 무모하게 밤길을 나온 것이 후회가 되기도 했다.

다시 얼마쯤 걸었다. 가파른 언덕을 하나 힘겹게 넘어서니 주막이 하나 눈에 들어왔다. 그 앞을 막 지나치는데, 누군가가 뒤에서 불렀다.

"여보세요, 여보세요!"

춘보가 돌아보니 주막집 여인이었다.

"왜 그러시오?"

"하룻밤 묵어가세요."

"일 없소. 조금만 더 가면 우리 집이오."

"그러지 말고 제발 하룻밤만 묵어가세요."

"밥값도 받지 않고 술값도 받지 않을 테니 제발 들어오기나 하세요."

"그게 정말이오?"

"염려 마시고 어서 들어오기나 하세요."

이윽고 여인이 상을 차려왔다.

"술부터 한잔 드시고 천천히 음식을 드세요."

여인은 살랑살랑 웃으며 술을 따랐다.

춘보가 몇 잔, 술을 들이켰을 때 여인은 한참 뜸을 들이다가 입을 열었다.

"죄송하지만 절 좀 도와주세요."

여인이 춘보를 붙잡은 사연은 이러했다.

여인의 남편은 장사 차 어디 나가고, 여인 혼자 있는데 어제 해질 무렵 손님 한 사람이 윗방에 묵었다. 그 손님은 몸이 편치 않은 모양으로 밤새도록 신음소리를 내며 끙끙 앓더니 어느 순간 조용해졌다. 그래서 살며시 문을 열어 보았더니 싸늘한 시체로 변해 있었다는 것이었다.

"여자의 몸으로 시체를 윗방에 놓고 무서워서……."

밥과 술을 배불리 얻어먹은 춘보는 본성이 착한 사람이었다. 그 여인을 동정하여 시체를 수습한 후 산에 잘 묻어 주었다. 시체를 묻고 다시 주막으로 들어온 춘보는 여인이 차려 준 술과 안주를 실컷 먹고 곯아떨어졌다.

"어이쿠, 벌써 날이 밝았구나!"

눈을 떴을 때는 아침햇볕이 창살에 눈부시게 비추고 있었다. 주인 여자는 아침을 지어 놓고 마당을 쓸고 있었다.

"큰일을 치루고 피곤하실 텐데 더 주무시지 않고……."

여인의 말에 춘보는 겸연쩍게 웃었다.

"술에 취하여 정신없이 잤습니다."

"곧 아침상을 올리겠습니다."

"뭘 그렇게까지……."

말은 이렇게 했지만, 충분히 대접받을 일을 했기 때문에 마음이 당당했다.

아침 밥상은 매우 풍성했다. 통닭도 한 마리 있었고, 반찬도 열 댓 가지가 넘었다.

"어서 드십시오."

이렇게 융숭한 대접을 받아 보기란 춘보로서는 난생처음 이었다.

"너무 잘 먹었습니다."

춘보가 인사를 하고 막 걸음을 옮기려고 하는데 주인 여자가 황급히 말했다.

"잠깐만요!"

"왜요?"

"정 그대로 가서야 한다면 어젯밤 황천길을 떠난 그 손님의 짐이 있는데, 무엇이 들었는지는 몰라도 밤새 애를 쓰셨으니 가져가십시오."

주인 여자는 재빨리 문을 열고 짐을 가리켰다.

"그렇다면 무엇인지 한 번 보기나 합시다."

춘보는 먼저 괴나리봇짐을 풀었다. 거기에는 구린내

가 코를 찌르는 헌 버선 한 켤레와 좋은 종이에 싸서 길게 접은 서찰 한 장이 있었다.

"글씨는 잘 쓴 것 같다만……."

편지를 펼쳐들기는 하였지만, 눈 뜬 장님이나 다름없는 춘보로서는 그 내용을 알 길이 없었다.

"흠!"

옆에 있는 보자기를 풀어보니 큼직한 궤짝이 나왔다. 그 속에 뭐가 들어 있는지는 모르나 쉽게 열 수 없도록 꼭 봉해져 있었다.

"대체 무엇이기에 이렇게 거창하지?"

그래서 옆에 있는 목침으로 힘껏 내리쳤다.

몇 차례 내리치니 마침내 궤짝이 부서졌다.

"아니, 이건……?"

그것은 개삼, 아니 산삼이었다.

"세상에 우째 이런 일이……."

춘보는 마치 낮도깨비에 홀린 기분이 들었다.

그 산삼을 풍헌 영감이 강원감사에게 바쳤다는 소문을 들었다. 그리고 엄청난 돈과 벼슬까지 얻었다는 말도 들었다. 그런데 그 산삼이 어떻게 해서 그 궤짝 속에 들어 있고, 또 죽은 사람이 갖게 되었는지 한없이 궁금했다. 착하고 순진한 춘보는 그 물건을 주인에게 돌려주어야 한다고 생각했다. 그래서 글을 아는 사람에게 편지를 보였는데, 강원감사가 한양 운현 대감에게 보낸 것이라고 했다.

'음, 갖다 주면 돈 몇 냥이라도 주실는지 모르지.'

춘보는 집으로 향하던 발길을 돌려 다시 한양으로 향했다.

"운현 대감 댁이 어디요?"

동대문 안을 들어서면서부터 길가는 사람에게 묻고 물어 운현궁을 찾아갔다.

"네 이놈! 여기가 어디라고 감히 너 같은 놈이 얼씬거린단 말이냐! 경을 치기 전에 썩 물러가지 못할까?"

문지기의 호통에 춘보는 움찔했다.

"그렇지만 이걸 운현 대감께 전해야⋯⋯."

춘보와 문지기는 서로 옥신각신 하며 한참 실랑이를 벌이고 있었다. 홍성대원군은 백성들의 소리를 듣기 좋아했다. 이날도 담배를 붙여 물고 뜰을 한 바퀴 돈 다음에 행랑으로 걸음을 옮겼다. 그런데 문간에서 떠들썩하는 소리가 들렸다. 대원군은 재빨리 대청마루로 돌아와 하인을 불렀다.

"게 누구 없느냐?"

"예이."

청지기가 재빨리 달려와 머리를 조아렸다.

"대문간이 왜 저리 소란하냐? 무슨 일인지 알아보아라."

"예이."

그리하여 춘보는 대원군 앞에 섰다.

"네가 나를 만나러 왔다고?"

대원군의 이 말에 춘보는 그를 물끄러미 쳐다보았다.

"나리 마님이 운현 대감이오?"

"그렇다."

대원군은 무례하지만 소박한 말에 빙그레 웃음이 나왔다.

"이것을 바치려고 왔습니다."

마침내 산삼이 드러났다. 그와 동시에 대원군의 눈이 달걀만큼이나 커졌다.

"아아……."

"네가 참 귀한 것을 가져왔구나. 그래, 이것을 어디서 캤느냐?"

"저……."

춘보는 선뜻 대답을 못하고 머뭇거렸다.

"왜 그러느냐?"

"소인이 캐기는 했습니다만……."

"그게 무슨 말이냐?"

"석 냥에 팔았습니다요."

"석 냥에 팔다니? 누구한테?"

대원군이 캐묻자 춘보는 자기가 아는 데까지 사실대로 말했다.

"허, 그런 일이……."

대원군은 춘보의 말을 듣고 사건의 전말을 추측하였다.

'풍헌이란 작자는 저자가 캔 산삼을 속여서 석 냥에 샀다. 그것을 강원감사에게 바쳤고, 감사는 사람을 시켜 나에게 보냈는데, 그 사람이 중간에서 급작스럽게 죽었다. 산삼이 저렇게 큰 것이면 천하에 다시 없는 영물이다. 하늘이 저자의 눈에 띄게 한 것은 숨은 뜻이 반드시 있을 것이다. 그런데 다른 사람이 간사한 꾀로 빼앗았기 때문에 조화를 부려 처음 임자에게 돌아가게 한 것이 아닐까?'

이렇게 생각한 대원군은 하늘의 섭리에 한없이 감탄하였다.

"너의 순박하고 정직한 마음이 참으로 고맙구나. 그

래 네 이름이 뭐냐?"

"이춘보라고 합니다."

"이춘보라? 어디 이가냐?"

"전주 이가 이옵니다."

"호, 전주 이가? 그렇다면 우리 일가로구나? 거 참, 반
갑다."

대원군은 흐뭇한 웃음을 지으면서 청지기에게 명했
다.

"알고 보니 이 사람이 우리 일가로구나. 시골 태생이
라 아무것도 모를 테니 네가 맡아서 좀 가르쳐라."

"예이."

그리하여 춘보는 운현궁 사랑 한 구석에 있게 되었다.
시간은 흘러 닷새가 지나고, 열흘이 지나고, 한 달이 훌
쩍 지나갔다.

춘보는 좋은 옷을 입고 끼니마다 기름진 음식을 먹고
있었다. 몸이 달아 미칠 지경이었다. 고향에서는 가족들
이 눈이 빠지게 기다리고 있을 것이었다. 그보다도 더
걱정인 것은 세력이 무서운 박 도사의 심부름을 왔다가

돌아가지 못한 것이었다. 이제 내려갔다가는 호되게 경을 칠 일만 남았다고 춘보는 생각했다. 그런데 일가라는 양반의 얼굴은 코빼기도 만나볼 수가 없었다.

"아이고, 미치겠네!"

그러던 어느 날, 대감이 부른다는 말을 들었다.

"너 집에 가고 싶지 않느냐?"

"왜 안가고 싶겠습니까?"

"흠, 그렇다면 이제 내려 가도록해라."

"아이고, 고맙습니다!"

춘보는 몇 번이고 절을 했다.

"여봐라! 돈 열 냥과 정자관 하나를 가져오너라!"

"예이!"

청지기가 그것을 가져오자 대원군은 춘보에게 주었다.

'그러면 그렇지!'

춘보는 엽전을 받아들고 회심의 미소를 지었다. 그 돈이면 갖고 싶은 물건을 맘껏 사고도 예닐곱 냥은 실히 남을 액수였다.

"춘보야, 너는 내 일가이니 저 관을 써라."

이 말에 춘보는 겁이 덜컥 났다. 무식한 자기가 알기에도 관은 아무나 쓰는 것이 아니었다. 그리고 관을 쓰고 고향에 갔다가는 박 도사 같은 세력가에게 죽도록 볼기를 맞을 것이 분명했다.

"어서 관을 쓰라는데 뭘 꾸물대고 있느냐?"

대원군의 호통을 듣고 춘보는 엉겁결에 관을 썼다.

"하하, 관을 쓰니 그럴 듯하구나. 이제부터 너는 그 관을 잠시라도 벗으면 안 된다. 만약에 벗었다는 소문이 내게 들리면, 당장에 잡아다가 호되게 경을 칠 줄 알아라!"

"예, 예……."

춘보는 운현궁을 나왔다. 먼저 종로통으로 가서 마누라와 아이들에게 줄 옷감과 탐나는 물건들을 잔뜩 샀다. 그러고도 여섯 냥이 남았다.

'이것들을 마누라와 아이들에게 탁 내놓으면 얼마나 기뻐할까? 흐흐, 빨리 가자.'

밤이 깊어서야 꿈에 그리던 집에 도착하였다. 왜 이

렇게 늦었냐고 마구 화를 내는 마누라에게 옷감을 비롯한 선물을 한 아름 안겨주니, 곧바로 입이 함지박만 하게 벌어졌다.

"어머나, 어머나! 곱기도 해라. 당신이 무슨 돈이 있다고 이런 것을……. 엉?"

그제야 남편의 달라진 모습을 확인한 마누라의 눈이 놀랄 만큼 커졌다.

"아니, 여보! 당신이 왜 관을 쓰고 있어요?"

춘보는 어깨를 으쓱하며 말했다.

"우리 일가 어른께서 주셨어.…….근데 박 도사 댁에서 누가 안 왔어?

"왜 안 와요. 하루에도 두 세 번씩 오는 걸요. 내일 날이 밝기가 무섭게 올 것이오."

"그래?"

불안으로 지새운 밤이 가고 아침이 밝았다. 마누라의 말처럼 박도사집 하인 돌쇠 아범이 부리나케 올라왔다.

"춘보! 춘보 왔나?"

"……."

"이 사람이 어디를 갔다가 이제 왔어? 도사 어르신께서 얼마나 화를 냈는지 알기나 하고 그랬어?"

이렇게 소리치며 돌쇠 아범이 문을 열었다.

"어라?"

돌쇠 아범은 놀란 표정으로 소리쳤다.

"춘보 자네 꼴이 그게 뭔가?"

"음, 우리 일가 어른께서 이 관을 쓰라고 하셔서……."

춘보는 겸연쩍게 웃으며 관을 만졌다.

"일가?"

"응, 한양에 사는 운현 대감이라는 사람이 우리 일가야."

"뭐라고? 운현 대감이 자네 일가라고?"

"그래."

"흥! 소가 웃을 일일세. 미친 소리 그만 하고 어서 가세. 도사 어르신께서 자네가 왔으면 지체 말고 내려오라 하셨네."

돌쇠 아범은 기가 막혀 말도 안 나오는 모양이었다.

관을 쓰고 돌쇠 아범의 뒤를 따라가는 춘보의 마음도 편할 리는 없었다.

'일가 어른께서는 괜히 관을 줘가지고…….'

"흐흥……. 흐흥……. 흐하하하……."

춘보의 꼬락서니를 본 박 도사는 배를 움켜잡고 한바탕 웃음을 터뜨렸다.

"네 이놈!"

"네놈이 미치지 않고서야 어떻게……."

"미친놈에게는 몽둥이가 최고 약이다."

"으……."

"으악!"

곤장소리와 함께 춘보의 비명소리가 거의 두 시간 정도나 계속되었다.

춘보는 박 도사 집 솟을대문을 엉금엉금 기어 나왔다. 반은 송장이 되어 간신히 집으로 돌아온 춘보는 사나흘 동안 심한 장독(杖毒)에 고생을 했다.

"여보, 인제는 그나마 부치던 박 도사 댁 밭뙈기도 떼이겠죠?"

마누라가 걱정스럽게 묻는 말이었다.

"글쎄?"

춘보도 그것이 걱정이었다.

"그것마저 떼이면 앞으로 어떻게 살지요?"

"……."

춘보는 대답 대신 눈을 감았다. 들리는 소문에 의하면 풍헌 영감도 산삼을 강원감사에게 바치고 욕심을 부리다가 실컷 매를 맞고 빚만 지고 돌아왔다고 했다. 이마당에 소작마저 떼인다면 정말 살아갈 길이 막막하지 않을 수 없었다. 사람이 꼼짝없이 궁지에 몰리면, 여인의 꾀가 사내보다 나은 법이다. 정말 그랬다. 옥분은 남편의 일가라는 그 운현 대감을 생각해내고 이렇게 입을 열었다.

"여보, 운현 대감이라는 그 일가 양반 때문에 이렇게 되지 않았소?"

"그렇지, 그 양반 탓이지."

"그 양반이 부자라고 했지요?"

"부자인 것 같아. 집이 굉장히 컸어."

"그러면……. 그 양반한테 가서 살려달라고 한번 사정을 하는 것이 어떻겠어요? 그 양반이 우리 밥줄을 끊어 놓았으니까 말예요."

"그런가?"

춘보가 생각해도 그럴 듯했다. 그날 밤, 춘보는 몰래 집을 떠나서 한양으로 향했다. 엉덩이가 터진 것이 아직 아물지 않았기 때문에 한없이 절뚝거리며 걸었다. 운현궁 앞에 도착한 춘보는 문득 걸음을 멈추고 머리를 더듬어 보았다. 운현 대감이 정자관을 쓰라고 주면서 잠시라도 벗으면 호되게 경을 칠 것이라고 경고하던 말이 귀에 쟁쟁하게 들리는 것 같았다.

'박 도사가 빼앗아 찢어 버렸으니 내 잘못은 아냐.'

춘보는 마음을 대담하게 먹고 운현궁 안으로 들어갔다. 사랑에 앉아 난을 치고 있던 대원군은 춘보를 흘깃 보더니 입을 열었다.

"왜 벌써 왔느냐?"

이 말을 듣는 순간 설움이 북받친 춘보는 울음을 터뜨렸다.

"흐흐흑……."

"이 녀석아! 울기는 왜 우느냐?"

"이것을 좀 보세요."

춘보는 주저하지도 않고 엉덩이를 깠다. 대원군이 보니 엉덩이가 심하게 터졌고, 거무죽죽한 피가 엉망으로 엉겨있었다.

"아프겠구나! 왜 그렇게 됐느냐?"

"제가 싫다고 하는 관을 억지로 쓰라고 하시더니, 박 도사 나리께 죽도록 맞은 것입니다."

이렇게 볼멘소리를 토해낸 춘보는 또 왕왕 울기 시작했다.

"내 일가라고 하지 그랬느냐?"

"왜 안했겠습니까? 일가라고 해도 관을 빼앗아 마구 찢어버리고 때리던 걸요."

"정녕 그랬단 말이냐?"

"그렇다니까요."

춘보는 어리광을 부리듯 말하며 또 울었다.

"알았으니 그만 울어라!"

대원군은 청지기를 불러 동재 골에 사는 박 승지를 급히 불러오라고 엄하게 명을 내렸다. 한편 대원군이 부른다는 영을 받은 박 승지는 가슴이 마구 뛰었다.

　'대원군께서 이제야 내 정성을 알아주시나 보다.'

　박 승지는 자기의 벼슬을 높여주려고 부르는 것으로 믿고, 그야말로 신을 거꾸로 신다시피 하고 운현궁으로 달려왔다.

　"동재 골 박승지가 대령했습니다."

　청지기가 아뢰자, 곧 대원군의 우렁찬 목소리가 들렸다.

　"그 고얀 놈이 왔다고?"

　청천에 벽력이 아닐 수 없었다.

　"네 이놈!"

　"예이, 황공하옵나이다."

　까닭은 모르지만, 대원군이 서슬이 퍼렇게 호통을 치니 자기에게 무슨 잘못이 있는 것만은 분명한 것 같았다.

　"황송하오나, 무슨 말씀이신지……."

간신히 입을 열었다. 그러자 우레같은 호통이 굳게 닫힌 문짝을 마구 흔들게 했다.

"네놈들이 끝까지 나를 능멸할 셈이렷다! 네놈의 동생이 내 일가의 관을 찢고 볼기까지 때렸다. 나와 일가라고 했는데도……. 이 죽일 놈들! 너희 형제의 지체가 얼마나 도도하기에 감히 그런 짓을 해!"

박 승지는 자신의 몸이 사시나무처럼 떨고 있다는 사실을 느꼈다. 동생이 정말 대원군 일가의 관을 찢고 볼기를 때렸다면, 하늘이 두 쪽 나는 일이 벌어지더라도 살아날 길은 없었다.

'대체 어쩌자고…….'

동생을 한없이 원망하며 진땀을 흘리고 있는데, 안으로부터 대원군의 목소리가 흘러나왔다.

"네 이놈들! 꼴 보기 싫으니 썩 물러가서 지은 죄를 잘 생각해 보아라. 죽일 놈들! 감히 내 일가를 그렇게……."

허겁지겁 운현궁을 나온 박 승지는 집으로 오자마자 말을 달려 홍천으로 떠났다.

"어서 문 열어라!"

아무 기별도 없이 형님이 밤중에 닥쳐들자 박 도사는 버선발로 뛰어나갔다.

"아니, 형님! 이 밤중에 어쩐 일로……."

박 도사는 반색을 하면서 형님을 맞이했다.

"철썩!"

그 순간 살을 가르는 마찰음이 터졌다.

"어이쿠!"

박 도사는 엉겁결에 뺨을 맞고 비명을 질렀다.

"왜 이러십니까, 형님?"

"왜 이러냐고? 동생 때문에 우리가 모두 죽게 생겼어!"

"예?"

박 도사의 눈이 왕방울만큼 커졌다.

"그건 또 무슨 말씀이십니까?"

"이 사람아! 대체 어쩌자고 대원이 대감의 일가를 잡아다가 관을 찢고 볼기를 쳤어?"

"제가요?"

"저는 지금 형님께서 무슨 말씀을 하시는 것인지 통 모르겠습니다."

"정말인가?"

"생각해 보십시오. 제가 목숨이 몇 개나 붙어 있다고 대원이 대감의 일가에게 그런 짓을 하겠습니까? 그리고 이런 시골에 대원이 대감의 일가가 살기나 하겠습니까?"

동생의 말에 형은 한숨을 내쉬었다.

"하긴 그렇군. 아무튼 동생의 말을 듣고 보니 마음이 좀 놓이네. 정말 관을 찢고 볼기를 때린 일이 없겠지?"

노파심에서 다시 다짐을 받으려고 했다. 그런데 갑자기 동생의 표정이 묘하게 변했다.

"아니, 왜 그래?"

"사나흘 전에 춘보란 놈의 볼기를 때린 적이……."

"뭐라고?"

박 승지의 목소리와 눈이 동시에 커졌다.

"어이쿠, 이 사람아! 우리는 망했네. 그 양반이 대원이 대감의 일가인 것은 분명한 것 같네. 우리가 이러고 있을 때가 아닐세. 어서 그 양반 댁으로 가세."

형은 동생을 앞세우고 춘보의 오막살이집으로 갔다. 그러나 춘보는 없었다. 어디 갔냐고 물으니, 춘보의 마누라 옥분이가 주저주저 하다가 입을 열었다.

"한양에 갔습니다."

"한양엘……?"

"예."

"무엇하러?"

"일가를 만난다고……."

"일가? 일가가 누군데?"

"운현 대감인가 뭔가라고 하던데……."

"뭐, 운현 대감?"

두 형제는 조금도 지체하지 않고 한양으로 올라왔다. 백배 사죄를 하려고 운현궁을 찾아갔지만, 대원군은 만나줄 생각조차 하지 않았다. 다만 그 일가에게 용서를 받으면 목숨은 살려주겠다는 말을 들었을 뿐이었다.

그로부터 십여 일이 흐른 어느 날, 대원군이 춘보를 불렀다. 답답해서 미칠 지경이던 춘보는 급히 대원군이 거처하는 곳으로 달려갔다.

"어서 오너라. 이제 볼기 맞은 상처가 다 나았느냐?"

"예, 벌써 다 나았습니다."

"그래? 그렇다면 방안에만 있기가 답답하겠구나?"

"하이고, 말씀이라고 하십니까? 참말로 답답해서 환장할 지경입니다."

춘보의 이 말에 대원군은 빙그레 웃으며 입을 열었다.

"그렇다면 오늘은 네 마음대로 나가서 바람이라도 쐬고 오너라. 그리고 관을 쓰고 나가는 것을 잊지 말아라."

뜻밖의 말에 춘보는 너무 기분이 좋았다. 게다가 목이 출출하면 술이라도 한 잔 하라며 돈 한 냥을 주었다.

"흐흐, 역시 일가 어른이 최고야. 오늘은 이 돈으로 하루를 실컷 즐겨야지."

"어어흠!"

헛기침을 하며 대문을 나와 담 모퉁이를 막 돌고 있는데, 저쪽 골목에서 누군가가 급히 다가와 허리를 굽실거렸다. 어느 대갓집 청지기처럼 보이는 사람이었다.

"강원도에서 오신 이 생원님이시지요?"

"홍천서 오긴 왔지만, 생원은 아니오. 내 이름은 이춘보라고 하는데, 저 집 운현 대감과 일가 되는 사람이오."

춘보는 고개를 한번 으쓱하며 운현궁을 가리켰다.

"아, 이 생원님이 분명하시군요?"

이 말에 춘보는 고개를 갸우뚱거렸다.

"대체 언제 봤다고 나를……."

"아무튼 소인이 모시겠습니다."

청지기가 허리를 굽혀 인도했다. 골목을 벗어나니 장정 두 사람이 교자를 대령하고 있었다.

"어서 교자에 오르십시오."

춘보는 영문도 모르고 엉겁결에 교자에 올랐다.

"어서 가자."

청지기의 말이 떨어지자 교자를 든 두 장정이 쏜살같이 달렸다. 한참 후에 교자는 동재 골로 들어섰다.

'여기는 박 승지 집이 있던…….'

춘보는 눈이 휘둥그레 졌다. 봉물을 가지고 올라올

때 몇 번 들른 적이 있으므로 낯이 익은 거리였다.

'아이쿠, 이제 보니……'

춘보는 앞이 노래지며 심장이 얼어붙는 듯했다. 교자가 달리다가 멈춘 곳은 박 승지 집의 솟을대문 앞이었다. 춘보는 몸을 떨며 교자에서 내렸다. 자기가 밤을 틈타 홍천에서 몰래 한양으로 올라왔으니, 박 도사가 노하여 잡으러 온 것이라고 생각했다.

"이 생원님을 모셔왔습니다."

청지기가 아뢰는 말이 미처 끝나기도 전에 사랑문이 덜커덩 열리고, 두 사람이 버선발로 뛰어나왔다. 박 승지와 박 도사였다.

'이젠 죽었구나!'

박 도사의 얼굴을 확인한 춘보는 너무 두려웠기 때문에 숫제 두 눈을 질끈 감았다. 다리가 너무 떨려 그냥 서 있기도 몹시 힘이 들었다.

"어서 오십시오, 이 생원님!"

춘보는 꿈결처럼 아득하게 이 소리를 들었다. 당장 '이놈!' 하는 고함이 벼락을 치듯이 떨어질 것을 기다리고 있던 춘보로서는 너무 뜻밖의 말이었다.

'이게 웬일이지?'

"이 생원님, 제발 노여움을 푸시고 어서……."

박 승지가 춘보의 팔을 부축하여 안으로 이끌었다. 춘보는 다리에 힘이 다 빠져나가 버린 듯하여 간신히 걸음을 옮겨 방안으로 들어갔다.

"이리로 앉으십시오, 이 생원님."

춘보는 모든 것이 얼떨떨하기만 했다.

"여봐라! 어서 상을 올려라!"

"예이!"

이윽고 문이 열리며 상이 들어왔다.

"음식이 변변치 않습니다만, 많이 드십시오. 제 동생이 이 생원님께 너무 큰 죄를 지었기에 사죄를 하려고 이렇게……."

박 승지는 술잔을 들어 두 손으로 춘보에게 올렸다. 춘보는 권하는 대로 몇 잔의 술을 받아 마셨다. 두 형제가 자기를 환대하는 것이 이상했고, 또 마음이 편안하지 않았다. 그래서 안 보는 척하면서도 슬금슬금 두 사람의 얼굴을 훔쳐 보았다. 두 사람의 얼굴에는 황송하게 여기는 빛이 역력했다.

'이상한 일이다!'

춘보는 술을 몇 잔 들자 마음이 한결 대담해졌다. 두 사람의 태도로 보아서 자기를 혼내려는 것은 아니라는 것이 분명했다.

'왜일까?'

춘보는 고개를 숙이고 열심히 생각했다.

'혹시 운현 대감에게 나를 때렸다고……'

정말 그런 것만 같았다. 자기의 관을 찢고 볼기를 때렸다고 두 형제가 운현 대감께 불려가서 톡톡히 혼이 난 것이라는 생각이 들었다.

'우리 일가 어른께서 박승지보다 벼슬이 더 높은 모양이군. 그렇다면……'

춘보는 갑자기 마음이 통쾌해지는 것을 느꼈다.

"어흠!"

춘보는 속으로 쾌재를 지르며, 그때까지 손에 쥐고 있던 정자관을 슬그머니 만지작거리며 입을 열었다.

"우리 일가 어른께서 이 관을 또 하나 주셨는데……."

"그저 죽을죄를 지었습니다."

"우리 일가 어른께서는 내 말이라면……."

"아, 예……."

일가 어른을 들먹이기만 하면 박 도사 형제는 금방 죽을듯한 표정을 지었다.

"자, 한잔 더 드십시오."

"이 안주도 좀 드십시오."

권하는 대로 넙죽넙죽 술을 받아 먹다보니 정신이 몽롱해졌다.

"어, 취한다!"

춘보는 풀린 눈을 어쩌지 못하고 몸을 벽에 기대고 잠들어 버렸다. 얼마나 잤을까? 춘보가 늘어지게 자고 눈을 떠보니, 박 도사 형제가 발치에 앉아서 열심히 자기의 다리를 주무르고 있었다.

"어흠!"

춘보는 위엄을 세우느라 점잖게 헛기침을 한 번 하고

관을 슬쩍 벗었다가 다시 눌러썼다.

"일가 어른께서 기다리시겠군."

혼잣말처럼 중얼거리며 자리에서 일어나려고 하자, 박 승지가 화들짝 놀라 말했다.

"아니, 왜 벌써 일어나시려고 하십니까? 술이라도 한 잔 더 하시면서 천천히 쉬었다 가십시오."

박 승지는 춘보의 대답도 듣지 않고 하인에게 술상을 올리라고 명했다. 이윽고 또 다시 요란뻑적지근한 술상이 방으로 들어왔다. 이번의 술은 국화주가 아니라 송화주(松花酒)였다. 달콤하면서도 향기롭기 그지없는 술이었다. 그 술을 한 잔 입 안에 털어 넣으니 혀에 찰칵 달라붙었고, 꿀꺽 넘기면 간을 살살 긁어주는 것만 같았다.

"이 생원님!"

박승지의 간곡한 목소리에 춘보는 그윽한 눈으로 그를 보았다.

"제발 우리 형제의 목숨을 살려 주십시오!"

'내가 무슨 힘이 있다고 이렇게 매달리지?'

이유야 어쨌든 기분은 나쁘지 않았다. 평소에 자기가

하늘처럼 우러러보던 박 도사 형제가 자기 앞에 무릎을 꿇고 애걸복걸하니 천지가 개벽한 느낌이었다.

"우리 일가 어른께서 하시는 일을 내가 어떻게⋯⋯."

일부러 뽐내는 것은 아니었다. 사실 춘보는 운현궁 안에 들어가면 대원군의 얼굴도 보기 힘들었다.

"이 생원님, 그러지 마시고 제발 살려 주십시오. 살려만 주신다면 저의 전 재산을 생원님께 바치겠습니다. 홍천에 있는 집과 논 삼백 마지기, 그리고 밭까지 모두 생원님께 바치겠으니 제발⋯⋯."

박 도사는 울먹이는 목소리로 애원했다. 그러다가 문서 보따리를 꺼내 춘보 앞에 불쑥 내밀었다.

"이것을 받으시고 우리 형제를 살려 달라는 한 말씀만 대원이 대감께 해주십시오."

춘보는 불쑥 손이 튀어나와 그 문서 보따리를 잡으려고 하는 것을 꾹 눌러 참았다.

"이렇게 사정을 하시니 말씀은 드려 보겠지만⋯⋯."

춘보는 되든 안 되든 간에 말이라도 해봐야겠다고 생

각했다. 이 말에 박 도사 형제는 마치 죽었다가 살아난 사람들처럼 기뻐했다.

"감사합니다, 정말 감사합니다."

운현궁에 도착한 춘보는 비틀거리며 안으로 들어갔다.

대청에서 청지기와 면담을 하고 있던 대원군이 춘보를 보고 빙그레 웃었다.

"춘보야, 웬 술을 그렇게 많이 마셨느냐? 한 냥을 죄다 술만 마셨나 보구나. 그렇게 몸을 가누지 못하는 것을 보면."

춘보는 머리가 빙빙 도는 듯, 일가 어른의 얼굴이 둘로 보이기도 하고 셋으로 보이기도 했다.

"저, 홍천 박 도사 말씀입니다. 꺼억! 그 논이 삼백 마지기가 있는뎁쇼. 꺼억! 취한다. 목숨은 살려 주세요. 술은 국화주보다 송화주가 더……."

춘보는 횡설수설 하였다.

"이놈, 많이 취했구나? 어서 들어가 자거라!"

대원군이 호통을 치자 하인들이 우르르 달려들어 춘

보를 그의 방에 눕혔다. 취중에서도 춘보는 해야 할 말을 다하지 못한 것을 후회하였다.

이튿날 아침, 춘보는 목이 바싹 바싹 타고 머릿골이 지끈거려 잠에서 깨어났다. 자리끼를 벌컥벌컥 들이켜고 생각해 보니 어제의 일이 어렴풋이 생각났다. 박도사 형제가 목숨을 살려 달라며 애걸복걸하던 것이 생생하게 떠올랐다. 그런데 자기가 어떻게 집으로 왔는지는 도무지 생각나지 않았다.

"대감님께서 부르십니다."

한없이 끌탕을 하고 있는데 하인이 와서 말을 전했다.

"너 어제 많이 취했더구나?"

"예, 좀……."

춘보는 뒤통수를 긁적거렸다.

"그래, 어디서 그렇게 마셨느냐?"

대원군의 질문을 듣고 춘보는 용기를 내어 자초지종을 말했다.

"흠, 그런 일이 있었구나. 그래 그 문서 보따리는 받아 왔느냐?"

"어르신께서 박 도사 형제를 살려 주셔야……."

춘보는 갈망하는 눈빛으로 대원군을 보았다.

"받아오지 않았나 보구나. 그렇다면 어서 가서 받아 가지고 오너라. 허허, 그만한 집과 땅이 있으면 너도 살 만 하겠지?"

"그리고 말고요."

춘보는 너무나 기뻐서 박수까지 쳤다.

"어서 가거라."

그 길로 춘보는 운현궁 솟을대문을 나왔다. 그런데 어제 그 장소에 박 승지 댁 청지기가 서 있는 것이 아닌 가!

"이 생원님을 모시러 왔습니다."

춘보는 흡족한 마음으로 교자를 타고 가서 문서 보따리를 받아 가지고 왔다.

"흠!"

대원군은 춘보가 받아온 문서를 하나하나 훑어 본 후에 춘보에게 던졌다.

"자, 이젠 네놈 것이다."

춘보의 눈이 왕방울만큼 커졌다.

"그것만 있으면 네 한 평생 부족한 것이 없을 것이다. 그리고 내 일가가 민머리여서는 체면이 서겠느냐? 너에게 금부도사의 첩지를 줄 테니 이 도사로 살도록 하여라."

분에 넘치는 대원군의 배려에 이춘보 금부도사는 두 줄기 뜨거운 눈물을 한없이 흘렸다.

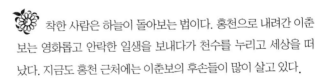 착한 사람은 하늘이 돌아보는 법이다. 홍천으로 내려간 이춘보는 영화롭고 안락한 일생을 보내다가 천수를 누리고 세상을 떠났다. 지금도 홍천 근처에는 이춘보의 후손들이 많이 살고 있다.